CHIGU

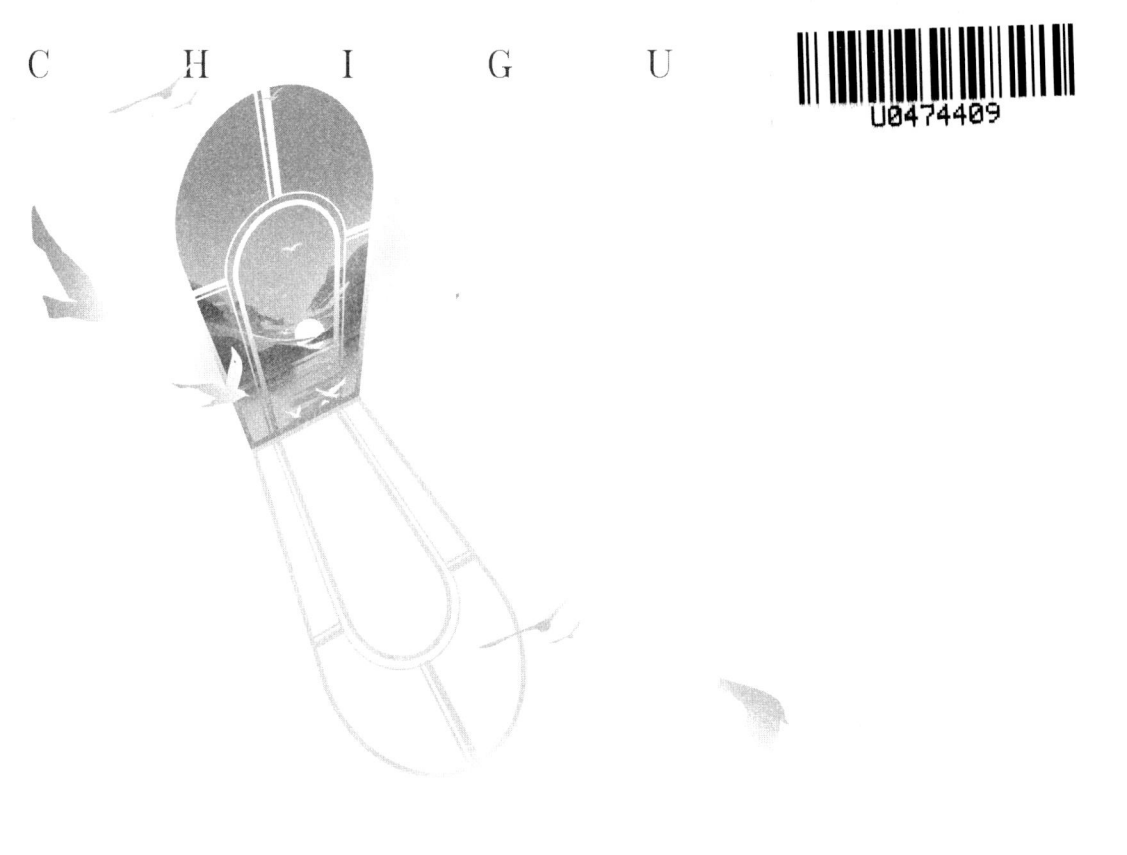

迟光

不是知更 著

长江出版社

"愿你也有一种柔软力气"

不是知更

迟光

CONTENTS | 目录

07	06	05	04	03	02	01
唇彩	在安静的芳草地	彼特拉克十四行诗第104号	在夜与雾的角落	鲸鱼和大象	在雨夜相逢一只猫	One Day
097	073	065	043	027	013	001

迟光

目录 CONTENTS

编号	标题	页码
08	还有鲁莽的热情	109
09	负距离	133
10	凌晨三点	139
11	几个瞬间	145
12	墨绿色眼罩	151
13	Acknowledgements	155
14	番外·零碎片段	159
15	番外·爱好	165

① One Day

夏末时节，A市的南部市区又涌进了一批新鲜面孔。

　　这座城市有两所不错的大学，分别坐落在北城新区和南城，一到开学季，两个城区就会热闹好几天。相比建在北城新区的B大而言，A大所在的南区城建偏老，路不宽敞，交通麻烦。好在周边的地租不贵，又背靠学校，客源不愁。最近便有几家新装修好的小店赶着新生入校的人气，热热闹闹地开了张。

　　从A大校门口往右，商业街和侧伸出去的一条小巷内外都是一水儿的开业花篮。一片繁花里，巷尾那栋门前清净，只有满满一面墙爬山虎的三层灰砖小楼反倒变得有些显眼。

　　那栋楼有个不大不小的后院，前门很窄，进出不算太方便。新搬来的主人看起来很有打理花草的兴趣，门口堆着许多盆高矮不齐的绿植。

　　陈南一把几箱东西搬进室内，又拿了一架梯子出来，支在店招下面，打算攀上去调整灯牌。

　　他是这家正在筹备开业的小店的老板。离开学校之后，陈南一和两个朋友合作，在地段好些的城中开了一家咖啡店。后来咖啡馆慢慢转型，变成了一间小有名气的私房菜馆子。最近房租续约的事情谈得不顺利，店里的几个人合计一番，便找到南城的这栋小楼，前前后后装修了半个月，总算大致布置完毕。

　　调整几下灯牌，藏起电线，陈南一冲下方的女孩笑了笑："现在摆正了吗？"

　　宋亦杉扶着梯子，略一后仰，仔细看了看："正啦！"

　　宋亦杉是A大的学生，开学就升研二了。她本科和陈南一一样都是在B大读的，不过比他低一届。

　　两人在大学时一起做过几次活动和课题，慢慢成了关系不错的朋友。

　　陈南一大概也觉得灯牌放的位置不错，便收好梯子，抱起几盆薄荷上了楼："今天店里有酸木瓜，留下来吃饭？"

　　"番茄酸木瓜煮鱼？"宋亦杉停在一楼的木质楼梯扶手旁，扫了一眼地上倒着的两个纸袋里有新鲜的梨子，提高音量对楼上的人道，"师兄，能配一杯葡萄雪梨汁吗？"

　　陈南一擦干净向阳的窗台，放好几盆植物，边说边笑眯眯地向楼下走："好啊。"

"算我一杯！"一直在后厨收拾的店员林昂闻声溜出来，趴在扶手上，也跟着冲楼上喊。

不巧转角的一扇平开窗漏出一束阳光，晃得他闭了一下眼睛。林昂再睁开眼，穿着棉麻衬衫的陈南一正浸润在那束已经不复盛夏炙热的黄昏日光里，手里拿着几片刚摘下来的新鲜香草，微微一笑，露出一排整齐的牙齿。

"当然。"

晚餐时间，巷子里的几家小店正是忙乱的时候，路灯和店招陆续亮了起来。

陈南一打开厨房的两盏吊灯，熟练地片好半颗柠檬，与洗净的薄荷叶一起拌入调料里。他动作麻利地捞出锅中煮好的鸡肉片，扔进手边一大碗备好的冰水中。

冰块浮动，撞在瓷质碗壁上，细小声响和鱼汤咕嘟咕嘟的气泡声融为一体。

"要帮忙吗？"林昂搬完几箱物料，在厨房门口探头探脑。

"帮我把鱼端出去。"陈南一抬手指了指，"准备开饭吧。"

"OK（好）！"林昂把几样菜端上餐桌，对门外正在开灯牌的宋亦杉道："小杉！"

"来了。"

屋外"One Day"的小小灯牌和庭院中的几串星星灯散发着安静的光，这些光衬得窗台上的那些植物绿得过分通透。

屋内的三人就着晚风，开始吃饭。

陈南一舀了两碗鱼汤，分给身旁的两人："今天辛苦你们了。"

宋亦杉摆摆手，喝了一口鱼汤："怎么会？巴不得你搬过来。对了，以后是不是每天都可以来蹭饭了？"

"有空尽管来。"

林昂忍不住插话："你们 A 大食堂不好吃？还要天天来蹭饭？"

"没有南哥做得好吃。"宋亦杉笑道，"不过，没想到你们真的会把店搬过来。"

提起搬店，林昂有点怨气。他喝了两口葡萄雪梨汁，说道："唉，毕竟开在望海路那边都一年多了。要不是那个房东看南哥面善好说话，涨得太过分——"

"算了。望海路的地租都在涨，不能全怪别人。"陈南一倒不太在意，"搬过来也挺好的，这栋房子空间大，采光不错，以后可以在楼顶和庭院多种点罗勒和薄荷。"

林昂敲敲碗："你就是太好说话了。"

宋亦杉托着腮，笑了一下："其实南哥很有原则的。"

陈南一笑着摇摇头,不理会二人的一唱一和。

他转脸对林昂扬扬下巴,道:"快吃饭吧,等下早点回家照顾林姨。"

林姨是林昂的母亲,店里的主厨之一。她最近身体不太好,碰巧又要搬店,这几天便在家休息养病。

"好嘞。"林昂匆匆扒干净一小碗泡饭,起身去厨房打包了一份餐食,"我妈的头痛好多了,再过两天应该就能回店里了。"

"没事,等病好了再说。"陈南一看着已经光速收拾好东西准备回家的人,叮嘱道,"你路上慢点。"

"知道啦。"

宋亦杉捧着一杯果汁靠在门口,和陈南一一起送走骑着单车消失在路口的林昂。

她把额前汗湿的一缕头发别到耳后,微侧过脸问:"还有要整理的东西吗?"

"没有了,你也早点回学校。"陈南一低头收拾着桌上的碗筷,又想了想,抬头道,"等等,我送你回去吧。"

宋亦杉愣了一下,随即有点勉强又有点安抚意味地笑了笑:"没关系,回去的路上都是人,时间也不算晚,别这么紧张。"

陈南一也意识到自己有些反应过度,略一皱眉,换了个轻松点的口吻:"最近有定期去见医生吗?"

"有的,医生说没事。"宋亦杉仰头把果汁喝完,洗干净玻璃杯,放回置物架上。

"那就好。"

"嗯。"宋亦杉神色如常地拿起自己的手提包,临走时想了想,还是开口道,"师兄,都过去两年了,我……"

她努力想表现得云淡风轻一些,却并不怎么成功。和陈南一对视半晌,最终女孩只是挤出一个微笑:"走啦。开业那天,记得给我留个位子。"

陈南一做事向来不急不躁,店内收拾得差不多了,也没有赶着营业。

搬店前他在朋友那儿订了几套颇为中意的餐具和茶具,等取回它们之后,陈南一才慢慢悠悠地挂上了"营业中"的招牌,又请宋亦杉和几个朋友简单吃了一顿庆祝餐。

现在已经过了晚餐的高峰时段,店里的人渐渐变少。陈南一一直忙着出菜和招待客人,这才抽空到天台喝了杯酒。

"今天生意不错哦。"

"是以前的老客人捧场。"陈南一和众人碰了一杯,"你们吃。"

"等等。"宋亦杉站起来,"我也要回实验室了,正好跟你一起下去。"

她走在陈南一身后,两人一前一后下了楼。

两个服务生正在收桌,一旁的林昂装好一袋要外送的餐食,有点犯难地问:"谁有空去送一趟?就隔壁A大的。这个距离叫跑腿不划算啊。"

"我们学校的?"宋亦杉拿起小票看了一眼,失笑道,"巧了,这是我实验室旁边的那栋实验楼。我帮你送过去。"

"南哥?"林昂转头问陈南一的意见。

厨房里,陈南一洗完手正在处理一道凉菜,回身冲宋亦杉一笑:"谢了。"

"这有什么?"宋亦杉挑挑眉,拎着袋子和背包离开了。

宋亦杉是A大食品学院的研究生,常去的实验楼和农学院的靠在一起。她对这一片熟悉,很快找到了订单上的地址,第一综合实验楼的大厅。

这和她那栋实验楼有些像,大厅旁边就是公共实验平台。

这个时间在用公共实验平台的学生不算多,因此那个音量不大却听起来气势汹汹的声音就格外明显。

"384板的离心都能离反,你是没学过实验操作吗?"

"行了行了,贺昀迟。"庄泽森推着一位青年出了公共实验平台的门,好言相劝道,"毕竟是刚进组的师弟……"

单看表情,穿着实验服的青年并不算生气。但他推了推眼镜,拧着眉说:"已经是这周第二次了,样本都处理不好——"

说完,他的嘴角微微向下一垮,镜片后的眼里流露出一丝不耐烦。

庄泽森无奈摊手:"我知道你做不出实验心急,嗐,别气了,吃饭去吧。"

话音刚落,庄泽森的手机铃声突然响起。

旁观全程的宋亦杉这才朝他们走过去。她礼貌一笑,报出一串手机尾号:"你订的外卖?"

眼前的女孩打扮得简单入时,笑起来两个酒窝十分可爱。

庄泽森一愣,脸颊飘红,舌头竟然打起结:"是……是我的。"

"喏。"女孩把纸袋交给他,后退一步,转身先离开了。

庄泽森有点晕乎地跟着贺昀迟出了实验楼。到了便利店,两人买了杯饮料,坐下吃饭。他打开餐盒,食不知味地吃了几口,撞了撞贺昀迟的胳膊:"哎,你觉得刚刚那个女孩好看吗?"

贺昀迟回道:"没注意。"

"……"

"我觉得挺好看的。她是这家店的店员吗?"庄泽森打开外卖软件翻了翻,"这家店离学校很近啊。"

"实验狗脱单遥遥无期啊。"庄泽森记住店名,趴到桌上惨叫一声,"希望这个小姐姐还是单身。"

贺昀迟淡淡道:"离你脱单还有多远我不知道,但组会就在明天。"

"闭嘴。"庄泽森推了他一把,"我看你是失恋两年失出毛病了。"

他们俩从本科起就是同学,庄泽森对贺昀迟那点乏善可陈的情感生活算得上是了如指掌。

虽然贺昀迟的长相在系里数一数二,可他大学四年只交过一个女朋友,而且确定关系没多久好像对方就提出了分手。

而后贺昀迟一直单身到现在,大有一副修身养性为科研献身的架势。

"你的漂亮姐姐是隔壁食品学院的。"贺昀迟的那份饭本来也快吃完了,他索性把筷子一停,语出惊人,"想知道名字就少说点废话。"

庄泽森眼睛一亮,立马做了一个嘘声动作:"以后绝对不提你被前女友踹……行行行,别踢我,赶紧说。"

"宋亦杉。"贺昀迟把两人的餐盒原样封好,放回纸袋,"去年开学典礼,和我一起致辞的那个。"

听他一说,庄泽森确实有了几分印象:"对啊,我就说她有点眼熟。那你应该有她的联系方式吧?"

"没存。"贺昀迟转手把纸袋扔进垃圾桶,拽着人准备回实验楼,"走了,回去写组会汇报。"

A大农学院的动物科学专业在全国专业排名很靠前,贺昀迟本科成绩优异,毕业直接保研,进了校内动物生殖生理方向某大牛的课题组。如今他刚念研二,文章已经发了两篇,实验却也做得更加辛苦,因此整个暑假都没怎么离开过学校。

"贺师兄,我们这边结束了。拜拜。"

"嗯。"

明天就是周末,学生们至少可以休息半天。同组的几个人跟贺昀迟打过招呼,纷纷打闹着离开了实验楼。他核对了一遍今天的实验记录,标注好回家看的文献,也收拾好东西下楼了。

01　One Day

整个实验楼里冷气开得很足，他一出去身上就拼命冒汗。冷热交替的环境很容易让人感冒，贺昀迟同样不幸中招，这两天简直成了一个移动传染源，走哪儿都不离口罩。

呼吸不畅，又戴着口罩，闷得他头脑发昏不太想开车，便打算步行回家。

贺昀迟家庭条件不错，从本科开始就独自一人住在学校附近的一套平层公寓里。

走出校门等红绿灯时，他忽然想起一件事，最近隔壁一直空置的公寓新搬来了住户，每天都在忙着装修。虽然对方还算有公德心，时间卡得颇准，上午下午都只折腾两三个小时就再没有动静。但对不大喜欢出门的人而言，这意味着周末都可能没法睡一个懒觉。

这本来不是什么大事，但让贺昀迟有点轻微烦躁，走出电梯时脸色都不是很好看。

这栋楼一梯两户，左边就是他的公寓。右边那间房门大开，隐约有男女的说笑声从里面传出来。

地上堆着几包行李，玄关里侧还有一个打开的行李箱，箱子里面的东西乱乱地堆着。

贺昀迟扫了一眼，心想搬来的可能是一对情侣。

他揣测到一半，感觉脚边被什么毛茸茸的东西拱了拱，低头一看，是只刚从宠物包里逃出来的橘猫。

有宠物这两个人还不知道关好门。

贺昀迟在心里批判了一番尚未谋面的邻居，俯身把猫抱起来。

猫咪很乖，在贺昀迟的臂弯里安静缩成一团不动弹。但还没等他摸几下，房间里忽然闪出一个女孩的身影，惊呼道："小咪呢？"

她看见门外不远处站着的人，赶紧跳过一堆杂物走过来："不好意思。"

居然是宋亦杉。

不过隔着口罩，宋亦杉好像并没认出他来。

贺昀迟愣神一秒，面无表情地把猫还回去，敷衍地点头示意便打算转身开门回家。

"找到了吗？"

他还没挪动脚步，屋内又响起一个男声。贺昀迟闻声望去，那边玄关的灯只开了一盏，一个年轻男人的身影在灯光照不到的小块黑暗里逐渐清晰起来。

暖黄的光束最先落到来人的眼睛上，贺昀迟与他短短对视一秒，快速移开了视线，只记得对方的瞳色纯黑干净，一望就令人心生对整张脸的期待。

"找到了。"宋亦杉抱着猫朝青年走过去，冲他笑着说，"幸好没跑出去。"

看来真是一对情侣。贺昀迟回过神，由衷地替庄泽森默哀了一下。他已经能预想到对方知道这个消息时的呆滞表情。

贺昀迟走回自己公寓的门前，按亮密码锁的屏幕，却忍不住回头看了看。

那人颀长的身影隐匿于昏暗处，侧脸在墙壁上投下一片优美的剪影，仿佛正在轻声逗弄猫咪，隐约传来的嗓音低沉，温和好听。

自那晚搬家结束之后，隔壁便恢复了平静。

贺昀迟的作息大概与对方的稳定错开，每天进进出出，彼此也很少打照面。

贺昀迟打着替好友刺探军情的旗号，心安理得地放任自己偷窥邻居。一周里他倒偶尔有两次碰上对方回家，但都和那天一样，贺昀迟看到的只是一个很快消失在门后的好看背影，正脸都没见过一回。

来了一个新邻居或许都算不上生活中的插曲，开学小半个月，贺昀迟的心思仍然都在毫无进展的实验上。不过实验顺利与否，往往更取决于运气。

继两次被同组师弟毁掉样本大发脾气之后，今晚贺昀迟有些愠怒的声音再次在实验室里响起。

"庄泽森，刚刚才说过那个样品量很少，不要弄砸。"

罪魁祸首心虚地瞥了一眼操作台，迅速举手投降："我的错我的错，一不小心就……"

"等下请你吃饭还不行吗。"他自知理亏地赔笑道。

这件事不能怪贺昀迟脾气差，因为上周样品损坏拖了点进度，这周组会他们已经被老师小小敲打过了。今天的实验采样麻烦，隔几个小时就得盯一次，电脑满屏的文献又看得人心浮气躁，出现差错难免会生气。

所幸庄泽森很了解抚平好友脾气的方法。

贺昀迟除了学术上要求颇高，其他方面的欲望实在很低，吃东西勉强算得上是一样爱好。

"走啦。"庄泽森摘下手套，脱了实验服，冲他挤眉弄眼，"去吃那家 One Day 怎么样？"

在另一边倒腾流式细胞仪的贺昀迟眼镜镜片一闪，看破了对方的算盘。

他想起自己的新邻居，犹豫该如何提醒好友。但他转念一想，庄泽森的个性向来是三分钟热度，说不定这次也是心血来潮，便又把话给压了回去。

01　One Day

　　他们泡实验室太久，没什么时间概念，出来才发现已经快过了晚餐的点儿。

　　沿着一条湖边小径走出校门，路灯光束在贺昀迟的头顶规律地扫过，模糊了过硬的脸部线条，他的郁闷似乎也被夜风吹融了一些，不再绷着一张脸。

　　转到巷尾，贺昀迟率先推门进店，门上的风铃随着他的动作发出悦耳的声音。他看见离门口两步远的位置有架很高的隔断，上面摆了许多餐具器皿。微黄的射灯光束给它们镀了一层浅金色的光晕。有个年轻男人忽然出现在架子后，伸手拿下两只手工锤纹陶杯，一双熟悉的眼睛便猝然和贺昀迟对上了视线。

　　那双眼睛里泛着礼貌的笑意，贺昀迟听见耳熟又温和的声音轻轻说了一句——

　　"你好。欢迎光临。"

　　贺昀迟下意识地往前走，略侧过脸，见到了站在木架后的人。

　　那张脸确实没有辜负期待，五官清秀，下颌有些圆润，微笑自然。

　　青年身穿一件洇了星点水渍的麻衬衫，衬衫有半截被利落地勒进围裙里。两者都是非常和谐的浅灰色调，给人恰到好处的分寸感。

　　"一共几位？想坐哪里？"

　　贺昀迟没有意识到自己正在暗暗地打量别人的外貌，嘴里的回答仍然跟交代实验安排一般："楼上吧。"

　　"我们两个人。"庄泽森在他身后补充道。

　　"好的。"陈南一取了两份餐单递给来客，"先看看想吃什么。"

　　One Day 主营的菜式是偏清淡的创意料理，十分合贺昀迟的口味。他上楼后选了一个靠窗位置，坐下来慢慢翻着餐单。

　　庄泽森在店内小小转了一圈，才大失所望地上了楼："她不在。"

　　"那就算了吧。"

　　"不行。"庄泽森连连摆手。他瞟见桌上摆着的一瓶花旁有微信二维码木牌，兴奋地掏出手机扫码，"我加客服微信问好了，说不定还能直接要到宋亦杉的微信。"

　　贺昀迟："……"

　　庄泽森摆弄完，见对面的人岿然不动，啧了一声："你不加？这上面写可以直接点餐或者外送。"

　　贺昀迟余光一瞟，别开脸喝了一口柠檬水。他不是社交型人格，朋友圈有限，微信列表里的人数都没过百，并且不是老师就是同学和朋友，鲜少有陌生人。

　　"哎哎哎，这么不配合？你这样显得我很刻意啊。"

　　庄泽森抱怨几句，突然记起贺昀迟被踹的八卦，立马放下手机兴致勃勃道："对了，你知不知道冉雯这个月底要回来啊？"

贺昀迟坐直身体平视他:"不清楚。"

"你真是一点儿不关心老同学。"庄泽森晃了晃脑袋,"听说她要回来参加大学班长的婚礼。"

看贺昀迟仍然没有什么情绪波动,他有点无奈:"哎,你到底还喜不喜欢人家啊?"

"说不喜欢吧,分手这么久也没见你找新的;说喜欢吧,每次说她的事你就摆脸色……"庄泽森的声音越来越小,但毕竟受人所托,他只能硬着头皮继续说道,"都在一个城市,班长的婚礼你也得去吧?"

贺昀迟用指尖碰了碰玻璃杯冰凉的外壁,淡淡道:"冉雯让你问的?"

合着您也不傻啊。

庄泽森继续劝道:"人家毕业请你吃饭你就没去,这次总不好再拒绝嘛。"

其实他自己并不是很想掺和朋友的私生活,但又不好开口回绝冉雯。怎么说两边都是朋友,况且贺昀迟又一直单身,他帮忙搭搭线也无不可。

再者听说两人分手是冉雯提出来的。既然她想复合,说不准还有回转的余地呢?

贺昀迟问:"你有冉雯的手机号码?"

"有。"庄泽森迅速打开通信录找出号码给他发了过去,"你要约她见面?"

正在存号码的人停下来,想了想,回答道:"嗯。"

"这就对了。"庄泽森眉开眼笑,"有话就讲开呗。"

"我不是要跟她复合。"贺昀迟又皱起眉,"你别乱说话。"

庄泽森叹了一口气,感觉实在劝不动这人,摊手道:"我看老师说得挺对,你就是打算跟科研结婚吧?"

贺昀迟没搭理他的挖苦,别开脸,似乎不想再多谈。

碰巧有个店员上来给他们下单,顺便收了桌。二楼整层清静下来,只有两人临窗而坐。

入秋之后的夜风有几丝冷意,穿堂而过,更是让人感觉凉津津的。今晚云层很厚,庭院的植物架上挂着几串星星灯,在深沉夜色里静静闪烁。院子角落的另外两位客人也起身买单离开了,周遭静得能听见风声。

两人点的是青椒软哨饭和泰式打抛饭。"One day"出菜极快,配的奶茶茶味浓郁。

庄泽森把刚刚的谈话忘在脑后,一边嗷嗷叫着好吃,一边对着手机嘀咕起和人套近乎应该怎么措辞。

贺昀迟欲言又止，半晌才说："万一宋亦杉有男朋友，你打算怎么办？"

"啊？有男朋友？"庄泽森咬着勺子呆了一下，"没听说啊，我还问了我食院的朋友呢。"

贺昀迟眼睛微眯："你确定？"

"嗐，要是有男朋友就算了呗。"庄泽森吸了一大口奶茶，挥舞着手机道，"我对所有漂亮姐姐都可以一见钟情。"

他说完又很不满："喂，你能把你脸上的'肤浅'俩字儿收一收吗？"

"有吗？"贺昀迟懒散地朝后一仰。

"啧。"庄泽森喝完奶茶，老神在在地道，"一见钟情是人之常情好吧，你就是没遇见你觉得好看的人，不然说不定比我还肤浅。"

贺昀迟懒得跟他讨论这种无聊的问题，嗤笑一声，半侧过脸望向窗外。用餐的木质小桌紧靠窗台，外侧悬着一方铁艺花架，满满当当地摆着几盆薄荷。植株颜色深翠，正散发出浅淡的清新气味。

楼下有人在交谈，声音不大。片刻后，他看见那个住在自己隔壁的年轻男人端着一碗猫粮出来，半蹲在庭院的围墙边，一面轻声喊着什么，一面添了一碗水。

一只橘色的猫咪悄悄蹿出来，喵喵叫了一声便埋头吃起猫粮。

青年摸了两把，笑着揉揉猫咪的小脑袋。他的姿势看起来和猫咪有几分相似，一截干净的后颈露出来，也像待人抚摸一般。

想着庄泽森看不到楼下，贺昀迟便光明正大地盯了许久，专注欣赏初秋夜景和可爱的猫咪。

② 在雨夜相逢
一只猫

晚餐将近十点才结束，贺昀迟和庄泽森在小巷的路口分别，自己往公寓走。

这个时间，小区里已经没有闲逛散步的人，道路掩在枝叶繁茂的树影中，路灯的光维持着刚好照亮前路的亮度。

贺昀迟走了小半段，手机响了起来。他扫了一眼来电显示，接起来淡声道："哥？"

"阿迟，忙不忙？"任钧问。

任钧是贺昀迟的哥哥，没有血缘关系的那种。

贺昀迟的家庭结构有点复杂，亲生父母很早离异。十岁时，母亲带着他和一个中年丧妻的男人重组了家庭。任钧就是继父的儿子，年长贺昀迟四五岁，很会照顾人，念书成绩也好，现在正在美国读博，从事植物育种方面的研究。

"刚和朋友吃完饭，准备回家。"贺昀迟说。

"嗯。上次说的那两篇文章的事情怎么样了？"

"5分的那篇见刊了。还有一篇没投，在和导师商量。"

习惯作祟，任钧差点把这通电话变成严肃的学术交流活动，好在他又及时拉了回来："那就好。对了，这次你没来埃兹，贺姨其实——"

听哥哥提起母亲，贺昀迟不由得沉默下去。他听得懂任钧未尽的话，半晌才道："我明天会给她打个电话。"

贺母个性要强，离婚后单身带着贺昀迟打拼了近十年，实在忙得分身乏术。这几年自己的事业发展告一段落，她对贺昀迟的关心多了不少。但两代人观念冲突很多，数年积累的隔阂也并不容易消除，母子两人时常聊不了几句就开始争吵。

两年前贺母随丈夫定居美国后，母子之间的关系稍有缓和。但除了每年约定好的度假时间，两人几乎不会见面。他们家在南法的埃兹小镇有套别墅，夏季总会抽一周的空闲时间全家一起去度假。但这次贺昀迟要忙实验，并没有去。

"抽空多和贺姨聊聊吧。"任钧点到即止，有意换个话题，笑着说，"爸还问我，你是不是因为交了女朋友走不开。"

今晚似乎每个人都很关心贺昀迟的情感生活，他闷声几秒，矢口否认道："没有。"

任钧识趣地收住笑声："天天泡实验室也不好，有机会要认识认识合适的人嘛。啊，上次社区活动认识的那个加州理工的女孩子你还记得吧？我昨天才见到她，还约了下次圣诞假期一起吃……"

"知道了哥，到时候再说吧。"任钧最近刚和恋爱几年的女孩订婚，格外喜欢絮叨这些。贺昀迟一听就头痛，巴不得赶紧结束这通电话。

"好吧，你早点休息。"

"嗯。"贺昀迟如释重负地挂上电话，刚走没几步便感觉脸上落了滴水。他仰头一看，突如其来的暴雨在灯光中变换成千万道稍纵即逝的银丝，很快淋湿了他的半身衣服。

公寓楼离小区门口有十来分钟的步行距离，贺昀迟收起手机，不得不忍着眼镜被雨流模糊的糟糕感觉，匆匆往前跑。

没了眼镜的帮助有点看不清道路，刚到楼下，他差点被什么东西绊了一跤。他借着门禁的亮光蹲下一看，原来是只已经被雨淋得皮毛湿答答的橘猫。

他此刻看东西不太清晰，但能感觉到猫咪不怎么怕人，似乎是溜进来躲雨的。

贺昀迟摸了摸它的脖颈，那个小脑袋便十分配合地蹭着他的掌心。但等它一动，贺昀迟才看出它的后腿不对劲，像是有点伤。

"喵——"

贺昀迟没多犹豫，抱起细细叫唤的猫，按了电梯上楼回家。

换好一套干净衣服，贺昀迟从浴室出来，脖子上搭着一条毛巾，手里拿另一条擦着猫。擦了一会儿，他隐约觉得它有点眼熟，好像就是隔壁养的猫，应该也是今晚在店里见过的那只。

猫咪完全不认生，冲着人坚持不懈地叫。贺昀迟顾不上再管这猫的来历，替它检查一遍，发觉后腿确实有伤，像是被玻璃碎片之类的东西割破了。

他瞥了一眼壁钟，十点二十分，还早，便给在宠物医院工作的朋友打了个电话，问方不方便现在帮忙处理一下。

"你又捡了什么啊？"朋友在那头笑话他，"你们那片的流浪猫、流浪狗都要跟你熟了。"

"这只应该有主。"贺昀迟抚摸着橘猫后背仍然有点湿润的皮毛，"我开车过去，等我十分钟。"

出门时雨势小了一点，路很顺畅，贺昀迟的车迅速开到了医院。他把猫交给朋友，自己靠在墙边理了一把半湿不干的头发。

"打哪儿捡来的？"

"小区里。"

"新面孔啊，这看起来倒确实是有人养的样子。你认识主人？"

"不认识。"

"那怎么办？放我这儿先养着，我再跟以前一样发朋友圈问问？"

贺昀迟转头看着那只老老实实趴在那儿的猫咪，眼珠转了转："不用了。我自己找。"

"你是不是知道它的主人是谁啊？"朋友狐疑地打量他，调侃道，"别是想搭讪吧？"

"没有。"贺昀迟重复了一遍，"我不知道。"

"你这套近乎的方式也太没新意了。"对方坚持自己的判断，继续感叹道。

贺昀迟忍无可忍，丢下一人一猫，去另一边倒水喝。

猫咪的划伤不严重，朋友小半个钟头就打理完了："喏，好了，给人送回去吧。"

贺昀迟抱起来看，猫咪似乎精神不好，但乖乖伸出舌头舔了舔他的手心。倒刺擦过的感觉令他忍不住低笑，他屈起食指刮着小东西的后颈。

"谢谢。"他又指指前台，示意自己已经付过钱，"先走了。"

"拜拜。"对方吹了声口哨，冲他挤挤眼，"祝你搭讪顺利哦，贺同学。"

话音未落，贺昀迟人就已经在门外了，还顺手不轻不重地摔了一下医院的玻璃门。

小区离宠物医院不远，转过一个十字路口，贺昀迟把车稳稳停到地下停车场，抱着猫重新走进电梯。

电梯轿厢内有一整面镜子，贺昀迟按下楼层键，瞟了一眼镜中的自己。

他的长相随母亲，皮肤冷白，五官单拎出来平平无奇，组合到一起就总让人觉得很有距离。但此刻一头黑发刚被弄干，发尾仍毛躁地翘着，看着实在像个偷人小猫玩的幼稚高中生。

贺昀迟转过身背对那面镜子，抬手僵硬地按了几下自己的头发。

但他的担心是多余的，他敲了两分钟的门，并没有人来应，大概没人在家。

贺昀迟低头和怀里的猫大眼瞪小眼，只能自认倒霉，再次下楼发动车子开了出去。

车开进那家店所在的巷口时已经十一点。贺昀迟出来得匆忙，没顾上带把伞，只能抱着猫下车，快步往还亮着灯的店里走。

尚未走到店门口，他就看见有人撑着一把伞，有些焦急地在路边寻找着什么。

穿着灰麻衬衫的青年肩头湿了一大块，布料紧紧贴着皮肉，透出一点背脊和锁骨的轮廓。青年转身要到另一侧去翻草丛，握着伞柄的手一晃，整张脸再次不期然地暴露在贺昀迟眼前。

四目相接，那双眼睛眨了眨，睫毛在脸上投下一抹恰到好处的阴影，仿佛有一束早准备好的光适逢其时地照在他的脸上。

贺昀迟快要忘记自己在淋雨，不向前走了，站在那儿看了人几秒钟，说："你在找它？"

猫咪适时地喵了一声，陈南一有些惊喜，赶忙凑过来把伞举高一点，将两人一猫笼罩在风雨中的一小块荫蔽之下。

"你是——最后走的那桌客人啊。"陈南一感激道，"谢谢你。"

看来对面的人确实对自己没印象，只顾着把猫接过去。

陈南一惊讶地看到猫被包扎好的后腿："这……"

"应该是乱跑的时候被扎到的。"贺昀迟说，"我带它处理过了。"

陈南一无奈地看着怀里的猫，轻轻弹了一下猫咪的前额："麻烦你了，它特别喜欢到处乱跑。"

两人站得很近，贺昀迟闻到陈南一身上有种很淡的食物香气，却不油腻，像今晚吃到过的可口餐点。

他后退一步，道："没事。"

"那……"陈南一一手拿伞一手抱着猫，动作不方便，便只是朝店门的方向侧了侧身，笑着邀请道，"不赶时间吧，进来喝杯东西？你刚刚也淋雨了。"

虽然是出于礼貌，但陈南一也是真心实意地感谢对方大晚上还肯折腾这么一趟，话讲得十分诚恳。

面前的人却看起来有些不好相处，静了一小会儿才点点头，稍落后了半步，跟着自己走进店里。

店内的打扫工作刚结束，店员都陆续回家了。陈南一把猫咪放回自己在三楼的小工作间，下楼走到吧台附近，先倒好一杯温水推过去："想喝什么？"

"都可以。"

咖啡机早关掉了。陈南一稍一思索，做了杯热可可给他："我得把处理伤口的钱给你。"他背对着贺昀迟翻起围裙的口袋，低头找钱包，"啊，不好意思，我的现金可能不够。"

说着，他调出微信二维码递过去："可以微信转账吗？"

贺昀迟被陶瓷杯里的甜香气和热意烘得很放松，目光落到那个二维码上，顿了顿，默不作声地拿出自己的手机，扫码发送添加申请。

"好了。"陈南一看着那个微信昵称，抬眼一笑，"贺昀迟？是你的名字？"

"嗯。"贺昀迟坐在吧台前的高脚凳上，不太自在地转了一下。等对话框跳出来，他举起手机给对方看空白的备注栏："你叫……？"

"陈南一。"

"那只猫叫什么名字？"

"小咪。"转账之后，陈南一抱了一杯热水坐到吧台边，从手机里找出几张猫咪的照片和短视频给贺昀迟看，笑着解释道，"店员捡来的，当时还很小，没几个月就长这么大了。"

贺昀迟嘴角不太明显地弯了弯，打开微信界面给陈南一发了一串号码："这是帮它处理伤口的宠物医生的电话，如果有什么问题可以直接联系他。"

"谢谢。"陈南一存好号码，顺口问道，"你好像很了解怎么照顾宠物，是自己也养吗？"

贺昀迟把那杯热可可喝完了，空杯被一只骨节分明的手放到木制桌面上，响得有点空落落的："我不养宠物。每天都要去实验室，没办法照顾。"

"实验室？"陈南一问，"你是Ａ大的学生？"

"嗯。研二。"

"那我应该比你大一点吧。"陈南一继续拿着抹布清理吧台，笑着说，"你叫我南哥就行。"

他自顾自洗着杯子，没留意身后的人，隐约听见人低低嗯了一声，也不知是应没应。

两只杯子被整齐地码进消毒柜，陈南一擦干手，透过水池边一扇窄长的玻璃窗望了望："雨好像停了。"

贺昀迟站起来，慢吞吞地道："停了吗？"

"是啊，总算不用冒雨回去了。"陈南一打开窗确认了一下，回头冲他笑笑，"你是住Ａ大吧？"

"不是，我住在览胜华庭。"贺昀迟回答完，平视着窗边的人，说道，"你呢？"

"我也住那边，你是哪一栋？"

"7栋。"

"这么巧。"陈南一有点吃惊，"我是7栋10楼的。"

眼前的人看起来倒像一点不意外似的，淡淡道："我也是。"

对方一脸坦然，陈南一却隐约觉得有些说不上来的奇怪感。不过这位热心邻居刚帮了自己一个忙，他也没再多想，顺着话茬道："那……顺道一起回去？"

贺昀迟靠在吧台边缘，点了点头："嗯。"

"好，等我一下。"陈南一笑笑，出门关掉景观灯，又去楼上抱了猫咪下来，确认过水电燃气的开关都关着之后挂上锁，这才和门外的人一起朝巷口慢慢走去。

巷子里有几家老店仍在营业，陈南一在一间门脸很旧的小店前停下，冲店内正打着蒲扇的女人叫道："张阿姨，还有拌面吗？"

"有嘞！"

"你要吃吗？这家拌面很不错的。"陈南一从兜里摸出零钱，突然想起身边还有个人，偏过头说，"我请你。"

巷子里灯光不够亮，他看不清钱数。贺昀迟靠过来，替他拿着宠物航空箱，好让他动作方便一些："不用了，我不饿。"

"噢，好的。"

等餐的空当两人都没说话，好在忙着做拌面的老板娘及时打破了尴尬："今天收工很早啊！小陈。"

"嗯，雨下得太大了。"陈南一说。

"我这儿也要打烊了。哎，不知道是谁把车停在那儿。"老板娘努了努嘴，抱怨道，"真是的，巷口本来就窄，等下出去可得让老张小心点儿，别蹭着了。"

巷口确实停了一辆眼生的黑色SUV，陈南一歪头看了看："是啊，这么一停明天送货的车都不好开进来了。"

他还没说完，听见贺昀迟在旁边轻咳了一声，脸色也跟着变得怪怪的。

"你感冒了？"陈南一很关切地问。

"没有。"

"回家最好吃药预防一下。"陈南一说，"刚才那么大的雨你都没打伞。"

贺昀迟一言难尽地点了点头。

"小陈，"老板娘打包好一份拌面，招呼陈南一道，"给！"

"谢谢。"陈南一撤回身，放下钱接过拌面继续往前走。他手上还有点杂物，但也不算多，便伸出右手打算接回装着小咪的宠物航空箱："我来拿吧。"

"你手上拎着东西。"贺昀迟仰了仰下巴，说，"也没多远。"

他们走到巷口附近，已经能望见小区的公寓楼高耸在马路对面。

陈南一没多坚持，边走边微微躬身逗猫玩："这么皮还有人喜欢你。"

贺昀迟拎着包的那只手不知为何忽然抖了一下，猫咪被晃得一倒，整张脸蠢兮兮地全贴上了宠物航空箱的网状铁丝门，黑溜溜的眼睛滑稽地一瞪，无辜地喵了一声。

陈南一见状差点笑出声。他逗弄小猫一路，快到家才后知后觉地抬头道："今天真的太麻烦你啦，改天到店里来吃饭？免费的。"

贺昀迟侧过脸看向他，说不上是什么表情。

陈南一猜想这位邻居是有些不好意思，便很体贴地拿过宠物航空箱，把猫和拌面拎高一点，说："谢你帮我送猫回来而已，要不然——这份夜宵给你？"

被他邀请的人倒退了一步："不了。"贺昀迟轻轻皱了一下眉，思考许久，低声说，"我最近实验安排很多，可能没有时间。下个周末可以吗？"

邀约人的语气有点严肃，仿佛说话前先在脑内过了一遍细节，吐露的是斟酌多次后敲定的最完美的答案。

其实自己只是请他吃个便餐而已，怎么莫名其妙弄得极其正式？

陈南一感觉自己的念头有点好笑，随口道："行啊。邀请长期有效，你来之前微信告诉我一声就好。"

他说罢刷开了门锁，躬身把一堆东西放进玄关，又从门后探出半个身体，对还站在电梯口的人挥挥手："下次店里见了。"

贺昀迟头顶有几绺头发又不服帖地翘了起来，显得人有点幼稚，又有点可爱，像是那种不够聪明的努力学生，被老师问到不会的问题就只能发呆。

不过这个学生好像有什么疑问，比如被点名回答的问题是不是还有其他的解法，或是可能并不需要在"见面"前加一个地点的限制条件。但他最终并没有说出口，只是中规中矩地抬手回应道："下次见。"

知道陈南一的职业之后，推断他的作息时间就变成一件非常容易的事。

贺昀迟猜想他平常关店的时间会比那天晚一点，或许将近凌晨，也可能更晚。

说起来他自己忙到凌晨也不算什么稀奇事，尤其是在最近这种实验进展不佳的情况下。

今晚又是实验安排得满满的一晚，实验数据记录完毕，贺昀迟瞟了一眼右下角的时间，关上记录文档，打开了两篇英文文献。

"还不回家啊？"有人从背后撞他的肩。

这组实验实在折腾人，庄泽森困得眼睛都快睁不开，非常疑惑贺昀迟怎么还能精神百倍地坐在那儿看文献。他摘下手套打了一个哈欠："都快十二点了。"

"我看完这篇文献就走。"

"啊？我还想蹭个车呢。"庄泽森笑嘻嘻地怂恿他，"去吃南李路那家日料当夜宵吧，我请客，就算车费啦。"

贺昀迟不为所动，眼睛紧盯着屏幕，鼠标在一行英文上标注高亮显示："我没开车。"

"哎！你最近怎么老不开车出门啊？"庄泽森倍感不解，伸头瞄了一眼电脑上文献总结的进度，夸张地扑到他身上，"你不要这么勤快啊，我不想再被许老师骂了。大佬给条活路吧。"

贺昀迟嫌弃地把他推开几厘米："不想被骂就坐下来一起看，要不要我现在发你一份？"

"不必了哥，我是自愿做科研废物的。"庄泽森沉痛地道，火速爬起来，背着包溜走了。

最闹腾的人一离开，整个实验室都清静了不少。贺昀迟读完文献，看看电脑显示的时间，起身关好仪器，下楼回家。

凌晨时分，小区和学校一样静悄悄的。

贺昀迟走在熟悉的小路上，感觉手机轻轻振动了一下。

发信人是贺昀迟从小玩到大的老朋友，祁明。短信内容言简意赅，说他下个月要赶着国庆假期回趟国，要求贺昀迟抽一天时间陪着自己胡天胡地。

祁明的胡天胡地是有很多种玩法的，但能跟贺昀迟一起玩的就不太多，所以并不打算占用这位好友多少时间。

贺昀迟回想了一下之前自己每次被拖去酒局的惨状，冷酷无情地决定不跟对方厮混。走进电梯前，他很简略地回复了一条回绝短信，表示大概没空，最多一起吃个饭。

发完信息，贺昀迟把手机扔回背包里，静静等待电梯升到十楼。

电梯门徐徐打开时，他听到了两种声音。

一种来自身后的背包，是熟悉的、充满机械意味的短信提示音。另一种是人声，不太镇静，失控，带有人类的情绪化表达，来自陈南一。

陈南一在和父亲通电话，一通指责的电话。

这通电话已经打了很久，弄得他筋疲力尽。可偏偏坏运气不愿意分散降临，五分钟前陈南一打开公寓门，像往常一样去按室内中央空调的开关。机器启动的声音响了两秒后紧跟着噼啪一声，整间屋子便像枚被投入水中的石子，浸入屋外漆黑一片的夜色中。

"退学的事情我已经和您解释过很多次了……"

陈南一很累，又记不清蜡烛放在哪里，索性放弃了。他疲惫地坐到玄关的鞋凳上，弓着背，语气低落地说："可以不要再讨论这件事吗？"

那头的责骂声却更激烈了，父亲埋怨他自毁前程的话还没说完，手机却先微弱地闪了一下提示画面，随即自动关机了。

他握着手机，愣愣地看着屏幕，不知道是该庆幸这场对话被强制结束，还是该烦恼突如其来的电线短路。

陈南一动也不想动了，垂着眼睛，注视横亘在地板上的一丝光亮。

今晚真是倒霉透顶。

但面前的那束光仿佛要否定这个想法似的，忽然变亮了一些。

一个长长的身影投映出来，有人礼节性地叩了两下门："陈南一？"

他抬头看去，拿着手机当光源的人正站在门边。

来人穿着一件深蓝色的外套，内搭棉质的浅灰色T恤，拎着半旧不新的背包，很学生气。

没等到回应，对方又叫了一遍他的名字，问道："你家停电了？"

陈南一咳嗽了一声，尽力让自己的声音恢复正常："嗯，可能是电路有点问题。"

气氛有些怪异，沉默几秒后，贺昀迟把门推开了一点，却又没有贸然走进去。只是脚尖变换了一个方向，他抬手指了指自己的公寓："要不要到我家坐一下？"

他语速很快地补充道："至少可以给手机充上电，联系物业来检修。"

贺昀迟直接跳过了常规问候，像是刚才并没有听见陈南一很难堪地对着电话那头祈求说"可以不要再讨论这件事吗"。

他认为有某种奇怪的引力在作祟。

陈南一是成年人，行动自如，意识清醒，糟糕的心情可能会影响生活，但只需一个热水澡和一场好睡眠就能平复。贺昀迟对此没有义务，也不需要主动插手，附近一公里内的任何一家酒店都能满足上述所有需求。

但他就是非常多管闲事地发出了邀请，像上周自己抱着猫还给对方，又在步行回家之后偷偷出门，把停在巷口的车开回了地下车库。

而坐在那儿的人似乎也真的被他说动了，犹豫一下，迟缓地站起来，半低着头说："打扰你了。"

开门之后，贺昀迟找了双新的拖鞋给身后的人，十分周到地提醒他："充电口在沙发右边。"

陈南一给手机充上电,坐在沙发上冷静片刻,难得生出几分尴尬情绪。

其实一进贺昀迟家的门,他就有些后悔了。毕竟两人只是邻居而已,前脚对方帮的忙还没还清,后脚又欠了人家一份人情。

况且总没有人喜欢被不太熟的人撞见自己的狼狈时刻。

他唯一庆幸的是贺昀迟不是多话的人,既没有问刚才发生了什么事,也没问他接下来打算怎么办,只是招呼他一声,就转头走进了起居室。

不过,事实其实和陈南一的认知稍有偏差。

贺昀迟并不是不想问,而是困于不知如何开口。

他躲在起居室里,放下背包,绕着书桌走了半圈,又把手机从背包里取了出来。

锁屏界面有条祁明刚刚回复他的信息,控诉发小不讲义气之余,还提到这次回国约了几个也在英国念书的女性朋友,鼓动贺昀迟一起出门来趟短途旅游。

祁明前前后后谈过不少恋爱,还有些称不上恋爱的亲密关系,再复杂的感情问题都处理得游刃有余。贺昀迟靠在桌边思索不多时,忽然心念一动,把已经打好的字句删掉,重新发了一条出去。

"那个……"

信息发送成功的提示音刚响起来,陈南一就在起居室门外客客气气地敲了敲门。贺昀迟做贼心虚,快速把手机背到身后,望向门边的人:"什么事?"

"我的手机有电了,刚联系物业值班的人,他说等下就上来。"陈南一说。

他说完,觉得自己好像看见面前的人眉头皱了皱,但想一想,又认为应该是个错觉。

贺昀迟没说话,很快走过他身边,去把公寓大门打开,这样物业的人一来,他们就能立刻知道。

两人站在餐桌附近等待,都没找地方坐下。陈南一的手机还连在充电器上,他想分散注意力也没机会,只能和旁边那个同样没拿手机的人闲聊。

贺昀迟的公寓装潢十分简单,摆设也不多,意外的干净整洁。陈南一没有窥探公寓向内的布置,目光一直停留在玄关附近的立柜上。那个立柜半人高,顶层放着两只鲸鱼形状的木质小摆件,还有一支木质的签字笔。

这些东西的样式都很眼熟,尤其是那支签字笔,陈南一拿起来把玩了两下,转头问邻居:"这种笔好像是自制的吧?"

他晃了晃签字笔,解释道:"我有个朋友是开木艺工坊的,我在那儿见过一模一样的。"

贺昀迟一愣，别开脸，声音不高地承认："嗯，我自己做着玩儿的。"

这算是贺昀迟一个打发时间的小爱好。他之前练习的时候车不好木头，做出来好几支不大匀称美观的笔，都被收起来了，只放了最好的一支在玄关备用。

陈南一又看了一眼那两个小小的摆件，还是不大能想象出贺昀迟面无表情地在车床前车木头的场景。他笑着把签字笔原样放回去，问："是望海路附近的那家木艺工坊吗？"

"你去过？"

"之前去过两次。"陈南一回答道，"试着做了一套木制餐具。"

贺昀迟来了兴趣："放在哪里？"

"还没做完。"陈南一说，"而且我是外行，做得不怎么样。"

"我也是外行。"贺昀迟边说边递了一杯水过去，完全不顾事实逻辑，道，"下次去可以叫上我。"

陈南一接过那杯水，被他前后挨不着的话逗得微微一笑："好啊。"

他们刚说完，电梯轻轻震动的声音自门外传来，物业管理员走出电梯，左右张望道："是哪户断电了？"

"是我家。"陈南一放下杯子，快步过去打开家门。

大概这种情况处理得多了，物业管理员已经顶得上半个电工。他检查总闸之后换上一个新的空气开关，再重新打开换好的开关，门口一盏昏黄的壁灯便在电器接通电源的叮咚声中静静地亮了。

"可以了，就是空开的问题。"

"谢谢。"

"不客气。"

电梯又运行下楼了。陈南一蹲在自己的公寓门口，低头收拾着早前进门时胡乱堆放的东西，听见身后有棉质拖鞋踩在大理石地面上的轻微声响。贺昀迟走过来，拿着他的手机，明知故问道："修好了？"

"是。"陈南一看看表，"太晚了，不耽误你休息了。后天就是周日了，晚上来店里吃饭？"

贺昀迟点了点头："嗯。"

他见陈南一脚下堆着的东西确实不少，没再多说，放下对方的手机便回家了。

陈南一整理了一小会儿，洗完澡才发现忘了把贺昀迟的拖鞋还给他。

刚刚心情太差，他居然没注意到那双棉质拖鞋面上是一个傻傻的小黄鸭图案，一点都不像木讷理工男会买的拖鞋。

但也挺可爱的。

陈南一翘起嘴角，盘腿坐在床尾，给贺昀迟发了一条微信。

那边回得很快，陈南一便拎着拖鞋过去敲门。

他敲了好几下门才打开。贺昀迟应该也是刚洗漱过，上身套了一件松垮的白色背心，穿着居家的灰色运动裤，露出来的手臂肌肉线条流畅漂亮。

面前人的头发都被潦草地拢向后脑，只有几缕全湿的发丝晃在额前。陈南一比他稍矮半个头，微仰头想和人说话，目光却不自觉地落到他很薄的嘴唇上。

"怎么了？"见陈南一敲开门，却又一直不说话，贺昀迟便先开口问道。

陈南一咳嗽一声，向后退了些许，把鞋递过去："这个还你。"

贺昀迟把鞋放回鞋柜里，再直起身，手搭在门边没有动作。他并不急于关门睡觉，而是又像刚刚两人在门口等物业管理员时那样侧着身，头歪了一点角度，安静地看着陈南一。

陈南一有些无厘头地想起一部老港剧里的一段台词，大意是说行为分析学有个很简单的理论，讲人在交谈时四肢的动作要表达的意思或许会和眼神完全相反，表情可以表演，肢体却往往会流露出潜意识。

而贺昀迟的脚尖、下颌始终冲着自己，表明他很愿意同面前的人交谈、接触下去。

"对了……你有没有什么忌口或者喜欢的口味？"这次换陈南一先出声了，"我可以提前准备。"

贺昀迟在脑海里快速搜寻一遍，诚实答道："没有，都可以。"

他像是担心陈南一误会自己在敷衍，又添了一句："你——店里的东西都很好吃。"

陈南一有点想笑，可贺昀迟又并没有说什么很特别的话。他忍住笑意，眨了眨眼睛，主动和对方道别，穿着自己的那双灰色绒拖回家了。

陈南一躺上床时，墙上时钟的数字刚好结束属于"12"的时段，跳到了"1"开头。那一瞬间，手机轻轻振动了一下，是贺昀迟发来的一条消息，和自己刚才回答说"还没睡"的消息连在一起，奇妙地拉近了某种虚拟而不可见的距离。

他回复了一条与对方一模一样的"晚安"，放松地让自己陷进了柔软的绒被中。

睡着之前，陈南一想，真实世界通常没有童话，即便有，按照童话故事的剧情，魔法也应该会在午夜消失。他还算幸运，倒霉的夜晚拥有了一个愉快的收尾。仿佛小时候他正在被父母责骂，但有人从天而降，及时来敲门解救自己，塞给他一把足以止住眼泪的、甜度适宜的糖果。

03

鲸鱼和大象

陈南一第二天醒过来时，已经接近十二点。

手机还停留在他和贺昀迟的微信聊天界面。他退出去一看，还有十几条未读消息，大多是林昂发来的。周末店里通常会更忙一些，照理上午十点陈南一就该拎着一堆食材进厨房了。他翻身下床，一边刷牙一边给林昂拨了个电话过去。

"今天中午客人还好，也就六七桌。"林昂说，"我刚发的微信你看了吗？苏姐说昨晚就跟你讲过她有事，今天没法送甜点过来了。"

陈南一重新检查了一遍微信消息："嗯。"他洗过脸，头脑清醒了一些，"那你在门口的餐牌上注明一下，今天下午茶的甜点只有饼干。"

"好嘞。你什么时间过来？"

"我再烤几盘饼干带过去，应该两点钟吧。"说完，他匆匆挂了电话，换好衣服，走进厨房开始有条不紊地做甜点。

这间公寓是陈南一的父母很早前买下来的，之前他上学工作都不在附近，就一直空置着。One Day 搬店之后厨房面积稍有缩小，他就改装了公寓的厨房，方便在家做一些不怎么复杂的下午茶茶点。

忙活一个中午，陈南一拎着满满几罐饼干进了店门。

午市结束后店内人声稀疏，只有林昂趴在吧台附近晃着小腿，有一搭没一搭地刷着手机。他看见进门的人，挥手道："来了。"

陈南一把饼干整整齐齐地码在甜点柜里，走到吧台后清点物料："有没有要补的？"

"我妈刚出去买了。"林昂回过头说，"对了，晚上你去接小咪？"

林昂回家正好经过那家宠物医院，昨晚就直接把猫带到自己家照顾，今早送去了约好的医生处。

陈南一系好围裙，点头道："我去接就好。"

周六来喝下午茶的客人很多，整个下午，陈南一忙得不可开交。晚市时间，他稍微喘了一口气，又去厨房帮忙料理菜。

大概是昨晚睡眠质量不错的缘故，陈南一一天下来也没有觉得很累。八点左右，他和林昂在三楼的工作间吃简单的工作晚餐。林昂咬着勺子，问陈南一："这周去不去喝酒？"

上个月，林昂有了新的朋友，人变得格外热衷于凑局一起玩，像是因某种热恋的兴奋情绪无处宣泄而衍生出的癖好。

陈南一余光一扫他，夹排骨的筷子停都没停："喝什么酒？"

"不要装傻。"林昂抬手夹住他的筷子，"我们还约了一人，是周哥的朋友，银行工作的，比你大三岁，相貌佳，脾气好，无不良癖好，情感经历——"

"好了好了。"陈南一失笑，"你是查过人家的户口了吗？知道得这么详细。"

"我是本着对东家负责任的态度。"林昂把手机收起来。

陈南一看起来兴致不高，低头咬自己的排骨没说话。

"我让周哥约个时间，我们一起吃饭。"林昂一副不容反驳的架势，拍板道。

陈南一并未把这话放在心上，手机刚刚振了一下，弹出一条新消息，是宠物医生发来的，说是医院周末的关门时间会提前，问他方不方便早些去接猫。

幸好店里也没剩多少客人，陈南一草草吃完饭便提前离开，去了宠物医院。

负责小咪的宠物医生很年轻，二十四五岁的样子。或许是贺昀迟和他打过招呼，陈南一感觉他对自己还算热络。

"这里签下名就可以了。"

诊疗室内，陈南一把小咪装回宠物航空箱后，在对方递来的登记簿上签名。

但他画了一下笔，只画出很淡的痕迹，应该是没有墨水了。

年轻医生见状，随手从自己的笔筒里抽出一支递给他："换这支。"

陈南一拿过那支笔，微微愣了一秒，随即笑了笑。

同样的笔自己昨晚才见过，紫檀木质地，笔身线条被车得利落干净。

"这支笔是贺昀迟做的吗？"陈南一签好名，将笔和登记簿一起递回去，随口说，"我在他家见过一样的。"

"是啊。"医生得意道，"他没事就爱大发善心地捡猫捡狗送过来，我敲他一点服务费而已。"他说着指指一旁装饰架上的动物摆件，"这些也是。"

陈南一发现贺昀迟好像很喜欢做鲸鱼和大象的小摆件，做得精细，不但家里放，还拿来送朋友。他同那位年轻医生告辞，拎着航空箱走出医院，打车回家。

小咪在医院不情不愿地待了大半天，进门便趾高气扬地巡视了一番，掀翻一二抱枕，又碰倒了壁柜底层的木质相框。

陈南一抓住它，不顶什么用地教训了一小会儿，认命地起身收拾。

小咪卧在窗边的吊床上，大大地打了一个哈欠，像是对自己折腾一通的结果很是满意，转头晃了几下尾巴，悠悠打盹去了。

房间彻底安静下来，陈南一靠着抱枕，坐在飘窗窗台上，摸着猫，刷新了一下朋友圈。

陈南一的朋友圈一直很热闹，既有朋友发的生活日常，也有一些稍带工作性质的推广信息。他顺着时间线翻，发现开木艺工坊的那位朋友难得一见地更新了一条手工课程动态。

陈南一联想起那些动物摆件，不自觉地按了一个赞。

等他真正回过神，发觉自己干了什么的时候，手机界面已经从朋友圈跳到了对话框，顶部的那段不宽不窄的白色里，嵌着"贺昀迟"三个工工整整的黑字。

最新的消息在底部，是贺昀迟对自己几秒前发送的那条邀请的回复。

"好，待会儿见。"

下周课题组的大导要出差，定在周一的组会便挪到了周天上午。

贺昀迟今晚原本打算在家完成组会汇报，但有些数据存在实验室的电脑里，就又去了学校。

"贺昀迟，你写完了吗？"庄泽森吃完晚饭回来就被一个学姐叫去了楼上，这会儿才下来，"走不走？"

"快了。"贺昀迟的目光没从电脑屏幕上移开，"你干什么去了，刚才有人找你。"

"是师弟吧，我下来的时候遇见他了。"庄泽森整理着一沓纸质资料，耸肩道，"我能干什么？是秦教授带的那个学姐找我问数据处理的事。"

贺昀迟的导师与这位秦教授关系很好，偶尔会互相帮忙做做实验。庄泽森坐到贺昀迟身边，兴致勃勃地说起刚才上楼听到的新闻："你以后还是对师弟好点吧，没有对比就没有伤害啊——我刚才听学姐说他们组新来的师弟差点弄坏了激光共聚焦显微镜。"

贺昀迟敲键盘的手停下了，庄泽森以为他是要转过来和自己正儿八经地聊课题组八卦，但对方只是抓起放在一旁的手机，动作很快地回复了一条微信。

"老师找你？"

"不是。"

庄泽森忍不住想探头去看："那你这么急？"

可惜贺昀迟立刻锁屏了，拿着手机思考了一下，手脚很快地收拾起东西来。

"你不是说你写完再回去吗？"

贺昀迟置若罔闻，把资料和电脑放进背包里就往外走："我有事先走了。"

A大到望海路的车程大概是二十分钟，贺昀迟走进那家木艺工坊时，陈南一也刚到不久。他显然是和老板很熟悉，手里拿着木料，正在楼上的一张工具台附近笑着和老板交谈。

这家木艺工坊一楼到二楼是一条长而宽的阶梯，有些皮革软垫放在台阶上，可供休息。贺昀迟站在楼梯下，朝陈南一招了招手。

陈南一看见了他，笑了笑，慢慢走下来，有些赧然地说："不好意思，临时打算过来的，没提前和你约时间。不过既然昨天说好下次过来叫上你，就问了。"

贺昀迟想了半分钟，推断出陈南一的抱歉是基于上次他自己说这周实验安排很多："没关系。"

他跟着陈南一上楼，像是急于转移话题似的，问："你想做什么？"

论起来，陈南一放在这里的那套未完成餐具，还剩一个餐勺和一支餐叉就完工了。但不知为何，他舌尖跳动的回答变了一下，吐出的词语并不是"餐勺"或"餐叉"。

"你做的动物摆件很可爱。"他说，"我想试试。"

木艺工坊营业到晚上十一点，好在他们的制作只需要一个小时的时间。

跟贺昀迟一起用小车床切割木料的时候，陈南一偶尔会故作不经意地看看他。与自己的想象有出入，贺昀迟并不是面无表情，而是半张脸藏在口罩和飞扬的木屑后面，专注、沉静，眼睛里偶尔闪过的笑意明亮显眼。

陈南一忽然模模糊糊地猜想到他为什么喜欢做鲸鱼或大象的摆件，笨重、迟钝和缓慢的生物，同时意味着一种与世俗精明截然不同的钟情、执着与温柔。

虽说是外行，但因为陈南一动手能力不错，最终做出的成果倒也像模像样。

贺昀迟一边教他处理木料，抛光上油，一边自己顺手做了一个乖巧蹲坐着的猫咪摆件。

回家的路上，贺昀迟将摆件递到陈南一面前问："像不像小咪？"

那个枫木摆件静静躺在他的手心里，被一路不太明亮的昏黄灯色镀上了一层温润色泽。时间仓促，摆件做的只是个大概的形状，不过也足够可爱。

陈南一笑了，客观评价道："小咪可没有这么乖的时候。"

贺昀迟眼尾上挑，眼睛里的笑意一闪而过。他偏冷的长相在半明半暗的光影里有种独特的魅力，笑起来让人没法把目光移开。

陈南一忍不住多看了几秒，回过神时不太自然地往外侧挪了一点。

于是接下来，两人隔着四十五厘米的距离，不紧不慢地走了一路。

本来相安无事，可这个距离一进电梯就不能再保持。这部电梯从地下车库升上来，人多得装了大半个轿厢，只剩按键板附近小小的一块空位。

贺昀迟好像浑然未觉陈南一有点迟疑，抬手按在开门按钮上，侧头看着他。

顶着电梯内外的人疑惑的眼神，陈南一没再说什么，快速走了进去。贺昀迟紧跟在他身后，占据了陈南一和人群之间的最后一点空隙。

电梯内的空间不大，所有人不约而同地不做交谈。

贺昀迟与他站得很近，如果有人从背后轻轻撞一下，他们可能会跟跄着挨到一起。陈南一没办法在这种情形下和他对视，只能低下头盯着脚尖看。

通常而言，这个距离会让人很不舒服。陈南一没这种感觉，但的确也产生了些局促感。他的呼吸放轻了，又隐约觉得电梯运行的速度好像有些慢。

往常陈南一并没有算过电梯从一楼到十楼需要多少秒，或许十五秒，或许二十秒。而今天因为周遭过于安静，陈南一不得不知悉了一个事实。在这短短的十几秒里，他的心脏跳动了绝不止三十下，远超静息心率的合理范围。

电梯停在十楼，两人一前一后出来。陈南一始终低着头，似乎在想什么，道别的话都忘记说了。

贺昀迟等了两秒，见电梯门合上，才开口道："这个给你。"他说着，十分自然地把那个一直握在掌中的摆件放进了陈南一的纸袋里。

陈南一愣了几秒，看了一眼纸袋，大脑不太灵活地思考对方的举动是早有预谋还是一时兴起："这个……"

贺昀迟推了推自己的眼镜，分外娴熟地运用起一种无须质疑的口吻："算是送给小咪的。"

这让陈南一推辞的话还没出口就卡壳了。他猜想贺昀迟或许和自己学生时代见过的几个科研能力出类拔萃的师兄师姐一样，平常惯于在实验室发号施令，所以干什么都有股理直气壮的味道。

但贺昀迟比他们聪明多了，很懂陈南一不肯亏欠人情的处事原则，送完东西仍旧站着不动，仿佛在等着听陈南一这次会提出什么邀请。

陈南一的手已经搭在了自己公寓的门锁把手上，思考片刻，他动手把指纹锁刷开了，说："那你要看看它吗？"他拉开门，小咪迅速从屋内的一团黑暗里蹿出来，在玄关处转了半圈，漂亮的眼睛滴溜溜地转，打量着门外的两个人。

贺昀迟的表情明显是对这个邀请很满意的样子。他从容不迫地走过来，轻轻抱起猫，挠着它的下巴，冲陈南一露出一个笑："它的伤都好了？"

"好了。"陈南一关上门，打开了室内的灯，走到冰箱附近，取了一整瓶牛奶，别过头问，"要不要喝杯热可可？"

"好。"贺昀迟靠在料理台的另一边答。

小咪今天格外好动，贺昀迟只抱了那么一会儿，它就挣脱出来噌噌地爬到沙发上去抓抱枕玩儿。但这个捣乱的举动既没有引起主人的注意，也没让客人跟过来。

他们都聚在厨房的料理台附近，等一锅牛奶静静滚起奶沫。

陈南一探身翻着橱柜，顺手打开手边置物架中层的音箱，一首 Gould 演奏的巴赫曲目低低地飘了出来。贺昀迟对古典乐了解不太多，但这首已经演奏到中后段，多少能听出是那首非常有名的《哥德堡变奏曲》，便抬起头道："你听古典乐？"

他闲得无聊，手里正拿着一本放在置物架上的书翻，是汪曾祺的《五味》，颇具陈南一的职业特色。

"随便听听。"陈南一找到了半罐密封着的可可粉，打开盖子往奶锅中放了几勺，"之前在学校的时候当成写论文的白噪音用，后来就习惯了。"

贺昀迟点点头，认为这是个不错的用途，想着自己也要回去试试，同时又感兴趣地追问道："你是哪所学校毕业的？"

"B 大。"陈南一说。

可可的香气已经在整间公寓里漫开了，他关上火，把深褐色的液体倒进杯子里："不过我已经毕——"

陈南一被贺昀迟的措辞影响，差点把"毕业"两个字说出口，然而顿了几秒后，改口道："离开学校几年了。"

贺昀迟敏锐地记起之前停电那晚听到的争吵对白，识趣地嗯了一声，苦思冥想怎么换个话题。

他们俩都略有走神，去抓杯子的时候彼此的指尖便猝不及防地碰到一起。

指尖的末梢神经很丰富，意识瞬间就被拉了回来。

陈南一朝后缩了一下，动作过猛，反而弄得杯子里的液体晃出来一些，洒在了手背上。

所幸可可并没有煮得太烫，陈南一小声地抽了一口冷气，立刻把手移到了一旁的水池里。

贺昀迟一手握着他的手腕,一手打开开关,低声说:"很疼?"

稍冷的水流应该会模糊一部分知觉,但陈南一被握住的那圈皮肤的触觉仿佛灵敏异常。贺昀迟扣得很紧,替他冲了好一会儿,才拿起一旁的餐巾纸擦干水,说:"好像烫红了。"

陈南一低头看了一眼,贺昀迟的形容有些夸张,那片红色并不是很深,也没有带来痛感:"还好,没关系。"

"有医药箱吗?"贺昀迟坚持道。

陈南一拗不过他,去找了出来,但药箱里并没有烫伤膏。

"我家有。"贺昀迟没有给他拒绝的时间,打开门出去了。

陈南一脑内一片混乱地站在原地没动,正预备要深入思索问题,拿着药的人又回来了,重新搅乱了他的头绪。贺昀迟替陈南一擦过药,直接把那管药留下了,叮嘱几句,又和他说明天晚餐见。

陈南一心不在焉地点点头,送人出门后,对着水池里的两只杯子发了一会儿呆。他有些漫无边际地想,从发出那条微信开始,今晚的一切就有些不对。某种重要的控制权似乎从自己手中转移了,令他开始心不由己地跟着什么东西打转。

陈南一这晚破天荒地失眠了。

凌晨一点时,他爬起来吃了一颗褪黑素,随后又躺回床上,迷迷糊糊折腾很久才勉强睡过去。

睡前他忘记拉紧纱帘,第二天一早,日光柔和地洒进房间里,落到陈南一的额前,慢慢覆上眼睛。他迷迷瞪瞪地醒过来,靠在床头清醒了片刻,懒懒地起床洗漱,倒了半杯水吞下去。

桌边还放着本没有读完的散文集,陈南一拿起来读了十几页。吃完早餐,照常坐下来清点待会儿要去买的食材。他转着一支签字笔,在记事本上写了两下就想起昨晚贺昀迟跟自己说的那句"明天晚餐见"。

陈南一有点头痛。即便从客人的角度来说,贺昀迟都算是最难应对的那种客人,什么要求都不提,反而让人更容易对自己的每一个决定感到惴惴不安。

他最后也没有决定好为这位客人买什么,但已经到出门的时间了。陈南一随便穿上一件卡其色的外套,到电梯门前耐心地等着下楼。

电梯从一楼升上来,红色的楼层数字变换跳动,颇有一种倒计时的意味。

陈南一在心里无聊地默数着，直到那两扇亮得反光的金属门如同某个特制礼盒盖一般静静打开。

贺昀迟站在里面，像一个非常完美的礼物。

他脸上有层薄红，一身纯黑色的运动装，手里拿着一份三明治，脖颈上挂着无线耳机，还有几滴未干的汗。他站的位置靠近门边，陈南一还能闻到很淡的须后水气味，薄荷调，带点凉意，仿佛人刚从早秋的晨雾中走来。

"要出门？"贺昀迟问。他的嗓音醇厚，夹杂着一种刚结束运动不久的微妙喘息。

"是。"陈南一故作自然道，"去店里。"

贺昀迟嗯了一声，走出来帮他按住开门按钮，又低头盯着他的右手手背："有没有好一点？"

陈南一跟着他的话锋抬起手看了看，其实那根本算不上什么伤，一晚过后连点红肿痕迹都没留下："没什么事，不过还是谢谢你的药。"

他说着又想或许该把药还给贺昀迟，脚步微转，道："我去把那支药拿给你吧。"

"不用了，下次再说。"贺昀迟语速很快地截断他的话，"你先走，免得又要再等一趟电梯。"

陈南一停了几秒，掉转步子进电梯，匆匆冲他点点头就按了下行键。

接触有段时日，陈南一知道贺昀迟属于时间管理得非常精细的那类人。下午四点，陈南一果然收到了他的一条微信，说大约会在七点半过来。

陈南一认真考虑了一下，隐约记得上次他到店里选的是楼上的靠窗位，便拿着预订牌上楼放在了那张桌子上。

"有人订位了？"林昂正要进三楼的储物间拿几盒纸巾，边爬楼梯边问。

"嗯。"陈南一没有多谈，"等下跟林姨说一声，鲜虾蛤蜊煲和菌菇汤都先预留一份。"

"知道啦。"林昂在楼上应了一声，下来后又把他挤在楼梯间，道，"过几天国庆店休你有空吧，一起吃饭啊。"

"有事？"

"周哥都跟人家约好时间了。"林昂对陈南一的记性很有意见，"就是我上次跟你提起过的那个银行工作的，郑渝。"

陈南一的表情显示出他已经完全不记得还有这么一回事。

林昂怒其不争，鼓着腮帮子说："哎，我不管啊，反正都已经约好了。"说完，他噔噔跑下楼梯，又在一楼扶手附近伸长脖子念叨了一句，"到时候我们开车去你家接你。"

"接南哥去干吗？"

陈南一刚想开口拒绝，一个女声插了一句。

宋亦杉走到楼梯边缘往上望，笑着和陈南一打招呼："南哥。"

"小杉。"林昂侧头一看，很高兴地接过宋亦杉带来的一袋卤鸡爪，毫不讲究地钻进吧台找了几只塑料手套出来，边吃边回答道，"接南哥去见朋友。"

陈南一差点摔一跤："只是凑局吃顿饭而已。"

"是吗？"宋亦杉跟着煽风点火，戴上一只手套，和林昂凑在一起啃鸡爪，"有照片吗？"

"有啊。"林昂找出照片来给她看，没心没肺道，"你还记得邵越吗？"

幸好陈南一已经下楼，进厨房去切水果。

宋亦杉小心翼翼地偷瞄了一眼厨房的动静，用手肘戳了林昂一记："提他干什么？"

林昂反应过来，立刻跟着望了望厨房，识趣地比画了一个闭嘴的动作。但还没憋一会儿，见陈南一暂时还没出来，他小声道："唉，你说南哥和邵越是不是因为……"

宋亦杉摘下油乎乎的手套，低声说，"别再提这个人了。"

"聊什么那么兴奋？"陈南一把一碟水果放到宋亦杉面前，中断了他们的八卦对话，"怎么前两天没过来？"

"学校的事情太多。导师盯得紧，连着几天查打卡了。"宋亦杉对林昂使使眼色，转过脸笑吟吟道，"今天算是提前溜出来的。我去天台写会儿东西，开饭了叫我。"

她说完，从杯架上取了自己的杯子，端着一杯水到天台去了。

来用晚餐的客人很多，陈南一在店内忙个不停，顾不上留意时间。

七点半刚到，贺昀迟准时出现在了门口，见店里人多，并没有多打扰，和陈南一简单打了个招呼，就跟着店员上楼坐下了。

想着事先已经给他留了店里限量供应的招牌菜，陈南一便没有再多关注楼上。等晚市的高峰过了，他才犹犹豫豫地靠在吧台里侧想要不要去跟人聊两句。

他的犹豫是因下楼倒水的宋亦杉而终止的。

"头一次在店里偶遇认识的同学，居然是隔壁院的男神啊。"

宋亦杉这话一出口，陈南一就猜到她是在说贺昀迟，放下杯子看着她："你认识贺昀迟？"

"南哥你也认识呀。"宋亦杉说，"我之前和他一起做过两次学校的活动。我有个学姐在他隔壁课题组，我们老师跟他的导师特别熟。听说他是本校保研上来的，文章发得多，在农林学部还挺有名的。"

"哪儿哪儿呢？长得很帅？"林昂突然冒出来，替她倒好一杯柠檬水，兴冲冲地问。

"你一个男的就不要看了。"宋亦杉挤对他，语调轻快，说出来的话却慢而重地印到另一个人心里。

"据说他前女友是系花呢。"

陈南一这晚的安排稍有变化，一直在店里忙到深夜，并没能如预想中那样，与前来用餐的邻居一起回家。

和宋亦杉一起吃饭的时候，他知道了更多关于贺昀迟的细节。

宋亦杉只当是在聊学校趣闻，甚至转发了一篇关于贺昀迟的浏览量颇高的国奖风采之类的半官方微信文章给他看。编写文章的人应该跟贺昀迟熟识，行文措辞多有调侃，还穿插了许多他本科期间的生活照。

陈南一不怎么费力就从照片中认出那位前女友，看上去她确实是个颇有气质的女孩，在某项志愿活动的集体合影里亲昵又有分寸地挽着贺昀迟的胳膊。

贺昀迟的眼窝很深，嘴唇偏薄，也不太爱笑。在木艺工坊偶尔对视，或是昏黄色调的路灯光束中悄悄看他时，陈南一认为那张脸仿佛是一种永恒的神秘主义来源，便忍不住想象如果稍微靠近一些，他会是什么样的表情。

今晚陈南一又有些失眠。

虽然并非热衷社交的类型，但贺昀迟依旧保有基本的判断力和分析能力。

新的一周过了三四天后，他就意识到自己与邻居的社交关系出现了问题。

陈南一似乎有心避开自己，两人住得这么近，却已经好几天没见过面了。

其间贺昀迟曾经发过微信问他方不方便让自己去看看猫，有点反常地等了一两个小时后，却收到了一条委婉的拒绝信息。

他找不到头绪。回想周日那晚去 One Day 吃饭的经过，也没觉得有什么问题，毕竟陈南一整晚都很忙。贺昀迟曾想过等他一起回家，但最后笔记本电脑没电了，不得不先回去给导师继续写汇报邮件。

"发什么呆？"庄泽森神出鬼没地从贺昀迟身后冒出来，不轻不重地拍了一下他的脊背，问道，"走了，都放假了，不是说好休头四天的吗？"

国庆假期虽说是七天，但因为最近的实验不太顺利，课题组只放四天假，所有学生分批轮休。庄泽森还惦记着大学班长的婚礼，报备时顺便替贺昀迟报了同样的休假时间。

"走吧。"

他们一起走出实验楼，穿行在覆着一层枫叶的林荫道上。

庄泽森在大学同学的微信群里插科打诨完，有点发愁地问："明天去参加班长婚礼你打算穿什么？"

"随便。"贺昀迟明显心不在焉，说话时仍然在看手机。

很少见这人没事盯着手机，庄泽森有些新鲜地凑过去："看什么呢？……小气，看一眼能怎么样？"他被瞪了也不恼，只是转着自己手上的钥匙，道，"你是不是太不上心了，怎么说也算是个小型同学聚会了，而且——有人还要见前女友吧。"

贺昀迟闻言动作一滞，慢慢把手机放下了。

"我看群里说冉雯回来了，你们见面了吗？"庄泽森追问道。

"没有。"贺昀迟有些心烦意乱。他原本打算在婚礼之前就约对方出来聊聊，免得到婚礼时出现什么不愉快，但这几天心情不好，竟把这件事忘了。

"那你是怎么了？老黑着张脸，把师弟师妹吓得够呛。我还以为是因为你们俩见面没谈好。"

"……"贺昀迟不知从何说起，闷声往前走了两步，忽然停下脚问他，"吃饭吗？"

话题跳跃太快，庄泽森一时没跟上，满脸迷惑道："哈？吃啊。"

"去 One Day，我请客。"贺昀迟不由分说就开始转头向商业街的方向走去。

庄泽森一愣，不清楚他这是哪儿冒出来的兴致："哦——"

话还没说完，贺昀迟的手机一振，响起一声短促的短信提示音。他本来有些焦躁，看了一眼手机却又静下来了，皱着眉定在那儿。

庄泽森用余光瞟了屏幕一眼，自觉站远半米。

因为发信人是冉雯。

贺昀迟最终没能跟庄泽森一起吃饭。冉雯的短信内容是约他去一家本科时两人偶尔光顾的餐吧见面。

那家餐吧在 A 大附近开了好几年,客人大多是 A 大的学生。贺昀迟走进那家店里,有种一切都没有改变的错觉。一楼的长桌和几张小圆桌依然坐满了学生打扮的男男女女,食物的香气和学生们带来的打印资料的油墨味微妙融合,飘散在整栋楼间。

冉雯看起来并没有大改变,妆容精致,深栗色的头发被精心扎起,脖颈上系着一条很漂亮的暗红色复古丝巾。

女人坐在她一贯偏好的二楼沙发位上,见男人进门,冲他矜持地笑了笑。

贺昀迟上楼坐在她对面,简单寒暄两句,像以前一样绅士地问:"要喝什么?"

"我已经点好了。"她说,"你还是老口味,要拿铁对吧?"

贺昀迟没有回答,只是将半个手掌轻轻按在桌沿,平静地问道:"有什么事吗?"

冉雯靠在沙发里看他半晌,笑了一下,说:"你怎么还是这副样子啊,随便聊聊一定要像在老师面前做文献报告一样吗?"

贺昀迟露出一个很淡的微笑:"你想聊什么?"

"聊聊生活近况啊。比方说科研生活怎么样,过两年要不要公派出国什么的。"

她托着腮,微侧过脸,放低了点声音,继续道:"再就是,你有没有交新女朋友?"气氛稍有凝滞,贺昀迟和她对视着。

他早猜到冉雯要问这个。

"现在没有。"贺昀迟错开视线,回答道,"暂时也不打算有。"

他没看冉雯,只听见她音量不大地说了一句:"也是,谁受得了你的脾气?"

贺昀迟平常是不会和别人争论自己脾气好坏这种非常唯心的问题的,但他此刻联想起连续几天遭受的冷遇,哽了一秒,道:"我脾气很差吗?"

冉雯有点意外地打量了他一会儿,没有立刻回答。碰巧服务生端了两杯拿铁过来,放下之后,她自然地拿起贺昀迟的那份糖包:"给我?"

贺昀迟点点头,冉雯怕苦,之前每次点咖啡也都会拿走贺昀迟的糖包。

"有时候都不知道该说你脾气好还是差。"她用小勺缓缓搅动着咖啡,平静地说,"你很多事都愿意让着我,也没对我发过脾气。"

金属小勺碰到瓷质杯壁的叮当声十分清脆,冉雯搅了搅,放下勺子,捧起杯子喝了一口:"但我从来不觉得你跟我在一起时是真正开心的。"

她放下咖啡杯,勉强一笑:"你别误会,我并不是要来缠着你复合。只不过分手那会儿有些话没问清楚,现在想问一问而已。"

这话让场面放松了许多,像是变成了普通朋友之间的简单对谈。

贺昀迟做出一个愿意倾听的姿势，手搭在沙发边缘，望着她。

"你当时为什么会同意跟我交往？"冉雯停顿良久，抛出的却是这样一个问题。

她的问题在贺昀迟看来不难回答。他颇具条理地说："因为你追我，你成绩很好、性格开朗、长得漂亮，朋友也多。"

他想了想，又补充一条："我相信我的家人也会喜欢你这种类型的女孩子。"

任钧确实也在拼命尝试给他介绍这种类型的女孩。

冉雯好像呆了一下，半天才说："那你呢？"

贺昀迟有短暂的困惑，但总归明白过来她想问什么，顿了顿，道："这也是我的择偶标准。"他对面的女孩不再说话了，沉默地看向窗外。

两人在餐吧的聊天结束得比预想中的还要快一些。

冉雯住在一家离A大不远的酒店，贺昀迟送她到酒店门口，和女孩礼貌告别："明天见。"他目送着冉雯走进电梯，而后慢慢朝自己公寓的方向走去。

冉雯看起来有点难过，贺昀迟不太清楚原因，但可能情绪会传染，自己也平白生出几分低落。

他把手机从兜里拿出来。微信有几条未读消息，不过没有一条是那个顶着小咪照片做头像的人发来的。

最新的消息是祁明的，几条语音夹杂着文字。看内容似乎是刚吃完饭正满世界找地方续摊，耐不住寂寞便骚扰了一下自己的好友。

两人从小混到大，都很熟悉对方的脾气。祁明闲来无事，骚扰便罢，没指望贺昀迟真的会回复或者来凑局。但这回居然在发出消息几分钟后，他接到了发小的电话。

"你还真想去喝酒啊。"祁明靠在自己那辆吉普车上大笑道，"行啊，你在哪儿？我开车过去。"

贺昀迟报上自己的位置后等了十来分钟，一辆橙色的吉普车便进入视野。

祁明风驰电掣地开到路边，等贺昀迟坐上副驾驶座后，吹了声口哨："哥，您这衣服可真不像去夜场玩的。"

更别提贺昀迟手里还拎着个特别沉的电脑包。

祁明扫了他一眼，一脚油门将车子开出去，手搭着方向盘道："说吧，遇上什么事儿了啊？"

贺昀迟舌尖有几个问题在打转，略一迟疑，他先把最容易说出口的交代了，给对方简单复述一遍刚才在餐吧的对话。

听他陈述的过程中，祁明给出了各种牙疼的夸张表情，末了才道："不是，你谈恋爱全靠择偶标准啊？"

车开到一个十字路口等绿灯，祁明趁机瞥了眼副驾驶座上的人："贺昀迟，你不会要告诉我，你从来没有过看见一个妞儿就头脑发热，巴不得跟她牵个手逛个街的体验吧？"

贺昀迟眉毛一拧："你是在跟我讨论'喜欢'的定义？"

祁明大手一挥，道："喜欢有个屁的定义，你们理科生能不能别这么事儿。谈个恋爱还弄出一套标准，也行，反正标准就是用来打破的。"

"说具体点？"

"具体点？得，我哪儿知道？总之就是看上了呗，不用思考，心里门儿清，别管对方是一身毛病还是完美对象，就这人没跑了。那个时候你还顾得上那些择偶标准？"

祁明说完，一打方向盘，车子转进了常去的酒吧街。

此刻街上正是夜场预热的时间，路边的车都快停满了。他啧了一声，指指路边一家店道："要不你先进去等我？我找地方停车。"

贺昀迟一面思考来自好友的恋爱箴言，一面点点头，打开车门径直进了那家酒吧。

他酒量一般，跟祁明比起来就很不够看。因此也不打算拼酒，只是先要了一杯冰水，坐在卡座里等人过来。

但等了好几分钟还没见人，他便掏出手机给祁明拨了一个电话。

谁料那边一接通，就传来一阵嘈杂的吵闹声，祁明在电话那头大声喊道："阿迟，赶紧到后街来，我要跟人打——"

贺昀迟心里一沉，立刻起身朝后半条商铺稀疏的路段跑，远远便看见祁明的车和另外两辆车横成一团，三个人正在厮打。来不及多想，他冲过去踹开要往祁明脸上挥拳的人，冷着脸看向对面的几人。

贺昀迟愣住了，脑袋像卡住的齿轮，不能正常思考。

好几天没见的陈南一站在对面几个人里，正扶着刚刚被自己踹开的人，很关切地问有没有受伤。

④

在夜与雾的角落

"等着，"祁明擦了一把自己的嘴角，吐出一口血沫，"我今天非给你点教训……"

看好友还想伸脚踢那边的人两脚，贺昀迟面色不悦地拽了一把："别打了。"

他半挡在祁明身前，和陈南一的目光短暂相接。陈南一看见来帮忙的人是他，有些意外，抿了抿唇，便别开了脸，问林昂感觉怎么样。

"哎哟，我的车啊……"两拨人中间还蹲着一个中年男人，正心疼万分地看着自己的车子，嘴里不住地抱怨，"这修起来要花多少钱啊……"

贺昀迟打算问问祁明这是什么状况，刚一回头，就看见两个男人拿着手机匆匆往陈南一那边走："你们没事吧？"

"还行！碰了两下而已。"林昂仍旧怒气冲冲的，刚赶来的朋友把人拦腰抱住，免得他又冲上去。

陈南一自然松了手，让林昂靠着他的朋友，自己则向路口望了望："叫交警来处理吧。"

"我报过警了。"郑渝站在陈南一身边，指指他手背上沾的一点血污，给他递了张纸巾，彬彬有礼道，"你怎么样？没受伤吧？"

"我没事。谢谢。"对方语气中掺杂了一点想刻意拉近关系的亲昵。这让陈南一略感不自在，但还是接过纸巾擦净了手背。

贺昀迟在几步远的地方听着两人交谈，同时看见零星几个围观的人之外，有交警正往这边来。荧光安全服在夜色霓虹中亮得像晃动的光点，令他眯了眯眼睛。

他靠在祁明的车边，脸色不太好看地盯着陈南一和对方身旁的男人。

那个男人穿着一套西装，外套拎在手上，戴着块价值不菲的腕表，一副商务精英做派，非常体贴地保持着保护陈南一的姿势。

贺昀迟只觉那个动作特别让人别扭，脸色越来越沉。

有赖于贺母喜欢用物质补偿自己在儿子成长中缺失的陪伴的习惯，贺昀迟算是没有过过苦日子的那类人。他要什么都伸手即得，所以才会像冉雯说的那样，愿意迁就人，不爱发脾气。

可如果解构贺昀迟，那么从躯体到一颗心，也不过是平凡人类的模样，其中一定也填充着属于人类的负面情绪与蓬勃欲望。比如不肯忍受失望，不想解除占有，对特定的人与情感贪得无厌，充满索求。

站在后面的祁明缓过劲，打了两个电话，推了他一把道："难得你有心情来喝酒，不跟这群人耗了。我找朋友来处理，走。"

祁明交友广泛，为人大方，出国这些年，国内依然有一大把情愿为他两肋插刀的朋友。没等多久，有贺昀迟眼生的人过来打了招呼，调侃过后，便替他们去和交警交涉。终究还是耽搁了半小时才能脱身，贺昀迟早已兴致缺缺，但来都来了，还是跟着祁明进了刚才那间酒吧。

祁明去洗了把脸，又叫了两杯威士忌，才在卡座上坐定，龇牙咧嘴地说起刚才的事："我刚才正找地方停车呢，那大叔的车自己别过来。下去一问，是前面那俩男的开车速度太快没刹住给闹的。"

贺昀迟一直低头盯着面前的酒杯，听见他的话，抬起头，指尖在冰凉的玻璃桌面上按了按。

祁明喝了一口酒，继续道："好好的就被蹭了车，我就顺口跟着骂了一句呗，结果那个开车的小子脾气还挺大。"他边说边活动两下刚刚打得有些发麻的手脚："我的车都那样了，说他两句，他倒先来打我。啧，这年头怎么有这么矫情的人啊？"

"你都开口骂人了，还说别人矫情——"贺昀迟似乎是很不喜欢祁明的措辞。

"你不懂。开车上路哪儿遇不到点儿小摩擦啊，谁有这么大脾气，转头就叫人来给自己撑场子？"祁明大大咧咧道，"你没看见？刚才打起来的时候，那个斯文点的打电话叫人。喏，后来不就来了两个男的。"

他说完，不短的时间里，卡座里除了低低的慢摇音乐没有别的声音了。

贺昀迟端起酒吞了一大口，随即把酒杯丢到桌子上："都打过一架了你还不满意？"

祁明一愣，拿酒的手都停了。两人认识多年，贺昀迟很少这么不客气地跟人讲话。他把这句话在脑子里细细品了一遍，觉得贺昀迟像是生气了，讪讪道："我又不是骂你，你发什么火？"见贺昀迟的指腹紧按着酒杯不答话，祁明就又琢磨了一会儿，但还没整理出点思路，贺昀迟就起身招手，让服务生过来买单先走人了。

和祁明告别之后，贺昀迟自己到路边打了一辆车回家。

他走到公寓楼下时，看见自己家所在的那层漆黑一片，便没有上去，只是在楼下喷泉附近的一小段路上来来回回地走。

天色很晚，也没有人散步，显得他这位绕来绕去的闲散人士有点奇怪。

贺昀迟偶尔会看一眼时间，可看着看着就想起今晚的事情。

他第三次按亮手机锁屏界面时，陈南一的声音微弱地从小路的另一头传过来。

贺昀迟停止了自己转圈的脚步，等着人走近一些。

但等他确实走近了，贺昀迟才发现并不止一个人。刚刚的男人陪在陈南一身边，正跟他温声细语地交谈。男人送到公寓楼下，就礼貌告辞了。

陈南一站在公寓楼入口，仿佛很困扰地揉了揉自己的太阳穴，拖着缓慢的步子朝电梯走去。他独自一人踏入电梯，按了关门键。

不过电梯门合上不到一秒，又自己打开了。

贺昀迟在门外听不出什么情绪地叫了一声他的名字，然后走了进来。

陈南一看见他，感觉头都大了，恨不得冲出去等下一趟电梯上楼。可是贺昀迟一进来就去按关门键，一点时间都没留给他。

电梯开始上行，贺昀迟站在轿厢正中，对着右边的人问："朋友送你回来的？"

陈南一很低地嗯了一声："刚跟交警那边处理完，他顺路送我。"

贺昀迟离他太近，整个人几乎笼罩过来。陈南一不大流畅地思考了一番，有些尴尬地开口道："刚刚在酒吧街的那个……是你朋友吧？"

贺昀迟知道他是在说祁明，淡淡点了点头。

电梯运行到十楼，他们一同走了出去，仍然保持着不算远的距离。

今晚的事情其实是林昂开车急躁又先动手惹出来的，陈南一便开口替他道歉："对不起。林昂个性急，我们和人有约，当时很赶时间，他开车快了点。后来下车打起来——"说到这里，他忽然噤声了，脑子里回放着贺昀迟朋友的那几句话。

就在几天前，陈南一还认为贺昀迟像是突然凭空砸来的好运，而且命运为了强调这种眷顾与优待，让他出现得十分频繁与密集。可现在不知凑巧还是不凑巧地对着他，陈南一不能不想到贺昀迟帮过的忙。对方能跟自己愉快相处，是因为把他当成普通邻居——

只是邻居而已。

然而隐匿的失落还未扩散开，陈南一的胡思乱想就被贺昀迟的问话截断了，显然贺昀迟从他先前的话中抓的完全是另一个重点："有约，是去干什么？"

陈南一微微怔了怔，有些心虚地抬头看着他，说："朋友聚会。"

贺昀迟刚想追问，陈南一的手机响了。

他一看是林昂打来的，便走开两步接了起来。

贺昀迟不动声色地跟着挪了几步，听见陈南一有点无奈又坚决地说："该赔多少就赔多少。这件事我也有责任，该出一部分的。明天我再和你商量……"

等他结束通话，贺昀迟在他背后出声道："祁明要你们赔多少？"

陈南一被他吓了一跳，转过身勉强一笑："都动手见血了，该赔的。"

贺昀迟皱皱眉，心想就祁明那个脾气，没有刻意打招呼给找来的人为难陈南一他们就有鬼了。他看着陈南一，略带僵硬地说："你别管了。我会和他谈。"

贺昀迟的姿态强势，理直气壮。陈南一被他的话绕得一时语塞，没有及时开口拒绝。

他回过神，张了张唇，想要再说点什么，但是手机偏偏不合时宜地又响了起来。

陈南一以为还是林昂拨过来的，打算先按掉。但来电显示的称呼并不是林昂，而是一个字，一个非常亲密又很久没见的称呼。一小段德彪西的《幻想曲》播放起来，舒缓平和，陈南一的手指悬在屏幕上方几毫米处，他没有直接挂断，也没有接通。

贺昀迟也看见了来电人，轻咳一声，识趣地后退了一步。

"抱歉，我接个电话。改天再——"陈南一不知为何有些慌乱，对贺昀迟简单地点头，转身打开了自己公寓的门，一边退进那一小片黑暗里，一边接通电话："妈。"

"南一。"母亲在电话那边轻轻地叫他，"这么晚了，还没休息？"

陈南一深呼吸一下，说："刚刚忙完一些事情。"

"你最近怎么样？"

"挺好的。"

"我和你爸爸到 A 市来了，开一个会。"母亲说着，声音低而忧郁，"妈想去看看你。"

陈南一很久没听见她的声音，有些鼻酸："如果爸爸知道的话会不会……"

母子两人沉默了。过了一会儿，母亲忽又开口道："你爸之前是不是给你打过电话？"

陈南一快速而艰难地回忆了一下早前的那通电话："是。"

"你们又吵起来了是吗？"他听见母亲叹了一口气。

"他又提了你退学那件事对吧？"母亲声音微微发颤，"你知道你爸爸的脾气——"她应该是正从露台之类的地方走进室内，手机里传来的喧嚣声渐次变低了。

"不说这些了。"

"妈。"陈南一没什么办法地说，"那个，真的不用了。"他低垂着头，像犯了错，不得不面对着父母罚站一般，小声道，"要不您还是别过来了，我不希望你们再因为我吵架。"他说完这句话后，电话里所有的噪音似乎瞬间消失了，转而充斥着格外长久的静默，两端空寂得能听清对方极力克制的呼吸声。

陈南一走到自己公寓向阳的那一整面落地玻璃窗前，望见整个城市如同他自己一样，陷落在安静而无边际的黑暗中。

他的视线落到对面商业街最大的一块广告屏上，是个旅游公司投放的广告，雪山、温泉、合乎时节的火红枫叶，以及右下角一家三口的灿烂笑容。

电话里又开始出现近似风箱鼓噪的声音，断断续续的。

陈南一难堪地想，母亲应该是在抽泣。

"你这个孩子心怎么这么硬啊。"她哽咽道，"退学的事情也是这样，你就不能……听听爸爸妈妈的话吗？"

尽管不是第一次听到这些，陈南一的整颗心脏仍旧像一只紧攥的拳头，缩得高度紧绷，每跳一下都拉扯着全身的静脉与动脉，难受得要命。

理智上，他认可自己迄今为止做出的所有选择，并愿意承担代价。他可以说服自己不过多在意外界的评判，但感情上依旧没法不寻求父母的认同与支持。

"妈，您和爸爸都是老师，应该能理解我……"陈南一压抑道。

他又一次重复着之前说过许多次的话，低声下气，充满恳切："妈，能不能别再勉强我了？您和爸爸这样让我很为难，我从家里出来……"

不知道是他哪一句措辞，还是哪一个音节的声调刺激到了母亲，一向温柔得体的母亲终于絮絮哭了，控诉道："那我和你爸爸呢？你考虑过我们的感受吗？我们做错了什么？好好的孩子……现在连自己家都不回了！"

电话啪的一下被挂断了，陈南一因那声斥骂愣在原地，呆呆地保持着通话姿势。

他进门时忘记开灯，也没有打开中央空调，整间公寓冷极了，感觉冰碴都快要从他的发梢凝结落下。他的指尖冰凉，手臂缓慢无力地垂了下来。

就在那一刻，对面的广告屏闪过一道刺目的光，随即沉入了其后广阔的暗淡里。枫叶、雪与温泉，还有那一家三口的笑容仿佛夜晚稍纵即逝的昙花，一起消失了。

他眼睛眨也不眨地注视着那块漆黑的广告屏，许久，蹲了下去，几乎没有声响地哭了。

第二天一早，陈南一跟郑渝和林昂会合，一起去处理那场小事故。

陈南一现在不太想见到郑渝，昨晚回家的路上对方说了一些有失分寸的话，令他觉得这段他自以为的朋友关系尴尬陡生。但因为事故发生时林昂开的是郑渝的车，今天的见面总是免不了的。

这次事故是林昂全责，所幸几人到场之后，前一晚嚷嚷的医疗费之类的费用，祁明都不再提了，像是不欲再多做纠缠。

签完交通事故结案书，郑渝邀请他们一起吃饭，陈南一委婉又坚定地拒绝了。他领着垂头丧气的林昂到小区附近的一家咖啡馆坐下："下次别再这么冲动了。"

"我以后还是少开车吧。"林昂趴在桌子上，沉痛地道，"那个大叔看起来和善，要钱真是一点不手软。倒是那个开吉普的……"他歪头看向陈南一，"奇怪，那人昨天话说得那么难听，今天居然没要我们赔多少钱。"

陈南一很淡地笑了一下："你记住教训就好了。"

"知道啦，我妈回去才把我骂了一顿。"林昂撇撇嘴，又端详了一下陈南一，"南哥，你昨晚没睡好啊？眼下这么黑。"

"稍微睡晚了点。"陈南一含糊地回答道。

"啊，对了。"林昂来了精神，"昨天郑渝送你回去，你跟他聊得怎么样啊？"

提起郑渝，陈南一索性一口喝完面前的咖啡，放下杯子道："正好，我也想说这个。他……我们合不来。"

"为什么？"

陈南一抿了下唇："你也清楚我是什么人……郑渝是个很好的人，只是我们合不来。"

"做朋友，和喜欢吃什么或者喜欢看什么差不多。我不希望跟我做朋友的人有过多需要让步和忍耐的地方，就像——吃一顿饭，不应该只摆合我口味的菜。"

林昂听完，支着手，似懂非懂地看着陈南一，哼哼地说："你想得好复杂。"他朝后一仰，倒在沙发里，"反正我就只看出来你是真的跟郑渝合不来。就是简单认识个朋友呗，哪会瞻前顾后的。"

林昂笑着拨弄沙发抱枕的流苏，继续道："说来说去倒成了不合口味的菜啦。"

陈南一愣了一下，想了想，失笑道："你说得对，就是不合口味吧。"

聊天忘了时间，两人下午离开咖啡馆时，天空已经下起了雨。

陈南一临时买了一把伞，独自走回家。雨水汇聚到伞架尖端，滴落在鞋尖上，稍一晃动便形成漂亮的银色弧线。

他心里有事，一直惦记着昨晚贺昀迟那句"你别管了"和今天明显变少的赔偿数额，伞撑得不太稳，回到家才发现左肩都淋湿了一大片。

不过陈南一总算打好了腹稿，用微信给贺昀迟发了一小段话，问他是不是和那个朋友商量过。贺昀迟回消息异常迅速，但只是一个表示肯定含义的"嗯"。

陈南一犯难，觉得又莫名其妙欠下一份人情。思来想去，他小心翼翼地给贺昀迟回了一条："这次又麻烦你了，要不然——我再请你吃几顿饭吧？"

贺昀迟的微信这会儿正在被祁明的多条语音连续轰炸，他嫌嗡嗡振动的声音太烦，随手给祁明开了个消息免打扰，又退回和陈南一聊天的界面，表情严肃地打了几行字发出去。

陈南一刚进卧室换好一件新衬衫，听见微信新消息的提示音，急匆匆地走出来，拿起手机一看，仍然是贺昀迟发来的。

"现在可以吗？"

"雨太大了，我叫不到外卖。"

"我今天还没吃饭。"

陈南一哑然一笑，低头输入两句："你家有什么食物？能做饭吗？"

他等贺昀迟回复的间隙才去擦了头发，再过来看时，对话框里刷新出了一张图片，一张空荡荡的冰箱照片。

陈南一被逗得笑出声，直接去敲了敲对面的公寓门："贺昀迟。"

那扇门很快打开了。开门的人穿着一套烟灰色的家居服，头发似乎刚刚才打理过，下巴上还沾着几滴水珠，看得出他是打算换套衣服，只不过被跑来敲门的人打断了。

陈南一笑了笑："既然你家里什么都没有，不如来我家吃吧。"他朝身后指了指，自己公寓的门还打开着，能望见玄关处搁着的一把湿淋淋的黑色雨伞。贺昀迟没怎么迟疑地点了点头，像是生怕他反悔似的，直接踩着自己的拖鞋跨出门了。

"为什么到现在还没吃饭？"陈南一跟他一起进屋，边问边动作熟练地取下自己搭在置物架上的围裙，利落一系，收出一截窄腰。

"睡过头了。"贺昀迟说，"睡醒的时候外面就在下雨了。"

"难得放假睡懒觉？"陈南一笑着说，又拿了一盒自制饼干递给他，"我自己做的，你先吃两块垫一垫。"

贺昀迟也不客气，拧开盖子，吃了几块。他仍然有点困意，但并没有缩到沙发上去继续休息，而是靠在料理台附近看着陈南一："我能帮什么忙吗？"

陈南一刚洗净一小盘蘑菇，正在用最称手的那把大马士革三德刀切片。他抬起脸，嘴角扬了扬："会煮意面吗？"

贺昀迟"嗯"了一声，按照陈南一的指示取出放在橱柜里的半袋意面，站在炉灶前等着一锅水慢慢煮开。

他站在离陈南一不到半米的地方，令陈南一很难不分心去看他。

贺昀迟微低着头，大概是等待无聊，便非常幼稚地拿起陈南一放在料理台上的筷子，戳着锅子里徐徐浮上来的气泡。他的表情倒是一本正经，好像在做重要的实验，需要观察这锅水会有什么变化。

陈南一忍笑，把他手里的筷子抽回来，不疾不徐地给平底锅中的蘑菇片翻面。

贺昀迟弯了弯眼睛，往他身边凑了一点，点评道："好香。"

"你是饿了。"陈南一嘴里虽这么说，唇角还是勾起来，又拿起一旁的黑胡椒研磨器，打开顶部的盖子，道，"能帮我拿一下黑胡椒吗？"

他还在忙着煎蘑菇片，手肘稍稍朝右边晃了一下："就在上面那个柜子里。"

贺昀迟比陈南一稍高一些，那个橱柜也要抬手够一够才能打开。他没有绕过去，只是左手不经意地按着陈南一的肩，倾身去抓那瓶黑胡椒。

他的手指很长，按在陈南一的肩上像是要握住人的肩。手心的热非常柔和，像夏末晚风裹挟的温度，透过并不厚的亚麻衬衫，潮湿地印在肩头的一小块皮肤上。

贺昀迟只是虚按着人稳定重心，可拿东西时，凑得前所未有的近。陈南一能闻见他唇齿间残留的黄油和奶香味道，忍不住微微转头用余光瞥他一眼，恰好望见一双薄薄的唇，便立刻把头转了回去。

奶油蘑菇意面并不复杂，不到半个小时就能做好。

陈南一特地给贺昀迟的那份匀多了一些："够不够？"

贺昀迟甚至怀疑陈南一是用汤碗给他盛了一份："够了。"

"那你吃吧。"陈南一擦擦手，转身拿起玄关的那把伞，将它撑开晾在阳台上。

贺昀迟用叉子卷起一口面条，问他："下这么大雨你还出过门？"

"跟昨天聚会的朋友一起去交警那边处理了一下，签结案书。"陈南一抱着猫咪走回厨房。

贺昀迟皱了一下眉，回过头："祁明没跟你说什么吧？"

陈南一摸了两下小咪就放它自己撒欢去了，倒了一杯水，坐回贺昀迟对面，有点紧张地说："没有，他跟你说了什么吗？"

"他没说什么。"贺昀迟低下头，又吃了一口面才想起来，"哦，我也再替他道个歉吧。"他把叉子放下来，正襟危坐，弄得有几分正式："祁明脾气不好，说话不过大脑，昨天大概因为开的是新车，所以讲话冲了一点。"

贺昀迟说完顿了顿，看着面前有点愣神的人，补充道："祁明平常不会那么不尊重人……抱歉。"

陈南一被一番突如其来的道歉说得呆了几秒，等贺昀迟讲完才急急忙忙地道："不是，我刚才不是要你道歉的意思。"

他有些无奈地笑了一下，又随口问道："你当时怎么会……在那儿？"

贺昀迟略一思忖，选择性复述了祁明的话，言简意赅道："他听见你打电话给你朋友，就打电话给我了。"

"你呢？你又为什么在那里？"他忽然反问。

陈南一遮掩性地喝了一口水，指尖轻轻按着玻璃杯："嗯……是朋友邀请，一起过去喝两杯。"

话到这里，贺昀迟又想起那个把陈南一送到公寓楼下的男人。他的拇指刮了两下餐叉柄，面无表情地道："你跟他们关系很好吗？"

这句话问得很突兀，他表情又不太和缓，让陈南一几乎要认为对方是在生气了："都是朋友而已。"

贺昀迟想了想，说："昨天晚上送你回来的那个也是朋友吗？"他盯着陈南一的眼睛，补充道，"你们关系很好吗？"

陈南一微微侧过脸，避开和他对视，感觉微微尴尬："那是……刚认识不久的朋友而已。"

陈南一抓起杯子喝了一大口水，解释道："接触过几次，不算很谈得来。"

贺昀迟搅了一下碗里所剩不多的面条，客观陈述道："但昨晚听起来——他好像很关心你。今天，你们一起去处理事故了？"

陈南一感觉这场对话似乎有些奇怪，但还是耐心解释道："因为林昂开的那辆车是他的。而且毕竟是朋友的朋友，性格不太合也还是要正常相处的。"

他说罢，贺昀迟的脸色变得更加古怪，紧紧盯了他好一会儿，贺昀迟突然起身把碗里剩下的那点食物倒进了垃圾桶里，将餐具放进洗碗机后，直起身道："谢谢你的面。"他单手插在家居服外袍的口袋里，右手握住冰凉的公寓门把手："我先回家了。"

贺昀迟消失得很快，陈南一还没琢磨过来哪里不对，整间屋子就只剩他和一只猫咪了。要不是空气里还飘散着奶油蘑菇的香气，他都要怀疑贺昀迟没来过。

陈南一在餐桌边又坐了一会儿。可能是因为刚刚淋过一点雨，头隐隐约约疼了起来。他躺进沙发的一角，望着被水汽模糊的夜幕，闪烁的霓虹仿似某种扭曲缠绕的轨道，令人感觉置身潘神迷宫，怎样也找不到脱身的头绪。

陈南一思考半天，最终只是毫无技巧地给贺昀迟发了一条很没营养的微信消息："你吃饱了吗？"贺昀迟没有像以往那样回复得很快。

过了十来分钟，陈南一意外听到了有人敲门的动静。他一下坐起身，跑过去打开门。贺昀迟双手插兜，站在门外，还是刚刚离开时的那副表情，一板一眼道："我的烫伤膏还在你家。"

陈南一的大脑差点没转过弯，他抿抿唇，转身去药箱里把那支药膏找出来还给来人："嗯。"

接过药的人也没立刻离开，靠在门边，低头捏了捏手里的药膏和手机，慢吞吞开口道："没吃饱。那盒饼干能给我吗？"

陈南一此刻距离贺昀迟稍远，半米左右。他确定贺昀迟是有些不高兴了，但什么也没说，转身从料理台上拿起那盒饼干，往前走了两三步，伸出手："给。"

贺昀迟拿走那盒饼干，拇指指尖转而在饼干盒盖上打转几秒，终于再也找不到话题，声音不高地说了声谢谢就转身回家了。

陈南一怔住，倒没有生气，只是有些头痛这种情况很难再开口请他吃饭，也许多付点修理费、医疗费给他那位朋友才更合适。

然而，这笔钱并没有成功送出去。

假期后恢复营业的第一天，林昂给发烧在家休息的陈南一打了电话："那个人说钱他不要，账号都不给我，怎么办啊？"

陈南一淋雨之后发了两天烧，头晕，说话也带着鼻音："那我去给吧。"

"行，我再转给你。哎，听你这嗓子，感冒好点了吗？"林昂说。

"好点了，我尽量明天去店里。"

"急什么？你先休息休息。"林昂搁下手机，对靠在吧台外的宋亦杉耸耸肩道，"南哥感冒了，在家呢，你要不去看看？"

宋亦杉有点为难。她下午还得去实验室，不一定挤得出空："我明天去好了。"

"也成，那你明天去之前来趟店里。我让我妈煮点吃的，你带过去。"

宋亦杉比了一个"OK"的手势，把自己的一堆零碎东西装进书包里："我先回学校啦。"

"拜拜。"林昂冲她挥了一下手，又听见客人进门的动静，赶忙拿起两份餐单迎过去。陆续进来了好几个客人，有男有女。年长一些的两位走在前面，后面跟着一个林昂眼熟的人——贺昀迟。

那天在酒吧街的冲突归冲突，自己本来就有点理亏不说，而且也不能把账算到贺昀迟头上。林昂心大，还是照样笑脸相迎，过去送了餐单，又带他们去后院最大的那张长桌位子坐下。

从进门开始，贺昀迟的目光就不动声色地在店内四处打转。

前两天自己拿了盒饼干回家之后，那场雨很快就停了。直到假期末尾的两天，他都找不到再去敲陈南一的门的借口。

好在他刚刚回到学校，之前投的文章就有了消息。导师看到过稿邮件之后喜笑颜开，大手一挥说今天午餐就和楼上的课题组一起聚餐，让学生们自己挑地方。

身为文章一作的贺昀迟同学当即假公济私地点名了One Day。

"哎，师兄，你看见刚刚出去的那个女生了吗？就跟隔壁组何莹学姐打招呼的那个。"一入座，同组的师弟便拱拱庄泽森的胳膊，挤眉弄眼道。

"看见了，觉得人家漂亮啊？"庄泽森说，"师弟眼光很厉害嘛，那是隔壁食院的学姐，我还有微信哦。"

师弟有点惊讶："师兄你们都认识她啊？"

贺昀迟的心思不在这儿，他只有一搭没一搭地听着他们的对话。庄泽森想起之前要宋亦杉的微信的经过，指指贺昀迟道："当然认识，我知道她还是你贺师兄说的嘞。"

"哇，那你们都知道她跟她本科学长的事情啦？"

"什么本科学长？"庄泽森一头雾水地问。他只是嘴上撩得欢，真加上宋亦杉的微信之后并没有聊过几句，当然也说不上熟悉。

"我有朋友是食院的，她告诉我的。"师弟压低声音道，"听说她当时根本就没有保研资格，是挤进本校一个教授的课题组干活，跟研究生师兄关系不错，后来靠那个师兄帮忙发了一篇期刊论文。"

他给贺昀迟和庄泽森的杯子里都倒上柠檬水，有些轻蔑地说："据说那个期刊论文的实验数据不是他们做的……反正就课题组里闹了一场，教授都不在B大待了。据说那个研究生还退学了，不过她倒没受影响，这不还顺风顺水地保研到我们学校了吗？"

庄泽森越听越皱眉："真的假的？"

"我那朋友是听其他B大保研过来的人讲的……"

"不会吧……"庄泽森转头看向贺昀迟，"我跟她聊过两回，感觉不像那种人啊。贺昀迟，你说呢？"

贺昀迟对八卦不感兴趣，但听到刚刚那些话难免有些嫌恶，出声制止道："老师在，别聊这个了。"

饭局结束时，贺昀迟主动去替老师刷卡买单，顺便打听了一句陈南一今天中午为什么不在。负责收银的服务生不怎么了解情况，便简单回答说老板这两天不太舒服，应该都不会到店里来。

贺昀迟拿手机的手微微一停，然后他一言不发地转身，回到庭院去了。

"小贺，来，后天咱们开个组会，你做个简单的文献汇报和文章陈述。"导师带着学生们离开餐厅回实验室，很高兴地把贺昀迟叫到前面交代了几句。

"好。"贺昀迟推了一下眼镜，满口答应。眼看就要走到学校门口的红绿灯附近，他放慢脚步，一本正经地道："老师，我今天能先回去吗？有些参考资料存在家里的电脑上，我想回去对照着改改稿，早点发回编辑。"

"行。那你去吧。"贺昀迟不常请假，一说导师便很爽快地点头放人了。

贺昀迟和一众老师同学道别，自己走回家里，连背包也没放，取了一个昨天带回家放在玄关处的盒子，磨磨蹭蹭地去敲对面的门。

他等了小半分钟，门打开了。里面的人一开门就是鼻音很重的一句话："谢谢。"

等抬头看清楚敲门的人，陈南一愣了愣，站得更直了一些，小声道："是你啊……我以为是外卖。"

贺昀迟抬起手给他看腕表上的时间，似乎很不满地问："还没吃饭，你睡到现在？"

"嗯。"陈南一手足无措，舔舔自己干裂的嘴唇，道，"感冒了，有点头疼，就在家睡觉。"他刚说完，电梯门应声而开，外卖小哥走了出来。

贺昀迟自然地接过外卖，像是拎着非进门不可的理由似的，说道："进去吧。"

可能是因为还在低烧，陈南一恍惚了一下。再回过神，他已经把贺昀迟放进来了。

贺昀迟将手里拿着的东西都放到餐桌上，催着他过来吃那份粥。

陈南一无精打采地坐到餐桌前，打开餐盒，把叫的粥拿出来。尽管思维转得很慢，但他还是问了一句："你怎么突然……？"

这话后面的几个字和小口小口喝的粥一起被吞了下去，变成含糊不清的咕哝。

贺昀迟坐在他对面，回答道："去店里吃饭，听店员说你生病了。"

"哦。"陈南一低着头，不知道该回答他什么，明明食不知味，脸却又快埋进粥碗里，小声道，"你今天不用去学校啊？"

"不用。"贺昀迟面不改色地说，"不过我家网络坏了，我有篇文章要改，能借你家的 Wi-Fi 用吗？"他说完，从背包里取出笔记本电脑，弄得像是有件要命的事情等着自己处理，重要得足够让主人把他留下来。

可是这理由找得实在是不怎么高明，陈南一就算还发着烧，也知道他在硬找借口。不过，他今天头脑昏沉，没有力气也不想思考，一边点点头，一边快速解决完那碗粥，缩到沙发上去继续休息了。

陈南一本来拿着一本书在读，但吃完粥，又被客座办公的热心邻居盯着服过药，困意逐渐上涌，没多久便睡着了。

他再醒来时，天空黑透了，并且又像几天前那样下起了淅淅沥沥的雨。

夜色和雨雾交缠，衍生出一种包裹了整间公寓的空寂。陈南一回头一看，自己身上搭着一条之前扔在椅背上的软毯，而贺昀迟坐在右侧的那张单人沙发上，手边的电脑已经进入了休眠状态。他闭着眼睛，呼吸平稳均匀，好像也睡着了。

陈南一动了动有些发麻的肩背，扯了扯睡衣的领口，烧可能渐渐退下去了。身上出了一层薄汗，只是脸上仍有些潮红。

他没有立刻站起来，而是不由自主地朝右侧靠了一些，凑近了睡着的人那张脸。

第一次见到贺昀迟，陈南一就认为他的眉眼生得很好看，这样近距离地看，更加肯定了他的五官都挑不出缺点。说来有趣，平常贺昀迟清醒时拒人于千里之外，睡相却柔和得仿佛能让人心里的所有糖分都析出来，落到鼻尖发梢，悄然化成一阵微甜的风。

陈南一自顾自地想着，被这种微妙的反差逗笑了。睡着的人仿佛有些感应，睫毛颤了两下，醒了过来，用一种微哑的嗓音叫他："陈南一。"

"嗯。"

"我刚才试着煮了粥，还在煲。"面前的人轻轻说。

陈南一知道在那双眼睛睁开前，自己不受控地看了很久。他想，也许任何关系的改变都是一个从量变到质变的过程。就像那个不怎么新鲜的寓言故事，雪花落下，积在松枝上，一片又一片，第 1000 片、第 10000 片、第 145672 片……或者随便什么数字，于是一切从概率迁移为事实，松枝被压断了，而他和这个人的关系又改变了一些。

还在病中的人体温偏高，呼吸稍热。贺昀迟思维迟滞，纯粹是靠脑内早构思好的话吐字发音。

"你还想不想吃什么？"

"嗯？"陈南一烧得有些迷糊，费力地吞咽了一下才发出一个音节。

贺昀迟略微歪了一下头，好像是在打量他，又抬起手往陈南一的额头上探："你量过体温没有，烧到多少摄氏度？"

他的手蒙的位置很不准确，几乎要遮住陈南一的眼睛。

陈南一眨了眨眼，从指缝中看见贺昀迟鼻梁附近有一颗小小的，并不显眼的痣。

"好像有点烫，体温计呢？"贺昀迟虽皱着眉，却很有耐心，手掌在陈南一光洁的额头上轻轻抚摸了两下，温声询问道。

"药箱里。"陈南一的声音有种炎症带来的沙哑感，"药箱在置物架底层。"

贺昀迟回头望了一下，才收回手，起身去找体温计。他刚打开药箱，扔在沙发那边的手机突然一振，缓缓放起一小节德彪西的《游戏》。

陈南一趴在沙发扶手上，瞟了一眼，哑声说："你的闹钟响了。"

贺昀迟拿着体温计和一杯温水过来，让他量一量体温，回答道："我定闹钟是打算叫你吃饭。"

陈南一捧着那杯温水，抿了两口，咽喉痛得不太方便说话："这支曲子有点耳熟。谁的？"

贺昀迟坐在刚刚的位子上，诚实道："德彪西，我在网上找来的歌单里随便选的。"

陈南一笑了："拿来写论文的时候听？"

"也拿来当铃声。"贺昀迟意有所指地说。他唇角微扬，一手接过陈南一握着的玻璃杯，一手要温度计："给我看看多少摄氏度。"

事实证明陈南一刚刚产生了错觉，他的体温并没有怎么降下去。但他自己不太紧张："也不算很高，等下我自己出门去医院打一针就行。"

贺昀迟对他的话充耳不闻："你先吃点东西。我打个电话。"

陈南一并没放在心上，恹恹地爬起来，钻进厨房，打开锅盛了碗粥。

锅里煮的是软糯的小米南瓜粥，糖放得刚好，冲淡了他舌根那点苦味。

陈南一一口气吃了小半碗，觉得被甜香味浸润得舒服了许多，又转身给贺昀迟准备了一份，出声叫他："你不吃吗？"

通电话的人正在报上一串地址，挂了电话，朝他走来："医生等会儿就过来。"

"啊？不用这么麻烦。"陈南一吃完东西有了点力气，试图婉拒，"我待会儿可以自己打车去医院，也很方便的。"

贺昀迟搅搅碗里的粥："你不是说很困想在家休息？"他根本不给陈南一拒

绝的余地，补充道，"医生是我哥的朋友，不麻烦。"

"……"债多不压身，左右自己欠下的人情也不止一份两份，陈南一便没有再推辞。他捧着粥碗坐到餐桌边，注意到贺昀迟中午拎过来的那个纸袋。

陈南一往另一侧推了推袋子，免得不小心弄脏："这个是你的吧？"

"你的。"贺昀迟说，"昨天去了一趟木艺工坊。"他放下碗，打开那个纸袋，"老板让我把这套餐具带给你。"

陈南一想起这桩事："啊，对，上次路过的时候做好了不方便带走。"但他打开包装盒一看，愣了一下，"是不是拿错了？"

"我那套是柚木的。"陈南一说，"这套是枣木，而且刷了漆。"

贺昀迟对木料很熟，清楚陈南一说得没错："老板直接给我的，应该是取错了。"他收起套盒，道，"我明天过去的时候再替你换回来。"

"你最近经常去啊？"

"嗯，放假比较有空。"贺昀迟吃得快，顺手把两只碗都收走放到了洗碗机里。

陈南一平常围着餐桌打转，忙碌成了习惯，很少坐在桌边看别人忙活。他很新鲜地支手靠在黑胡桃木桌的边缘，边摸着跳到自己腿上的小咪，边看贺昀迟动作很利落地处理剩下的食物和餐具。

贺昀迟没有待太久，下午庄泽森就发来短信，说是有几组实验数据不太对，让他回去一趟。

等到医生上门之后，贺昀迟叮嘱几句，便拎着来时带的纸袋和背包出门了。

他不在陈南一家里，却遥控指挥得乐此不疲，追着医生问来问去。知道陈南一明天还得再打一针，贺昀迟便约好了时间，说明天再过来，顺便转交餐具。

陈南一哭笑不得，只能答应下来。送走医生，他躺在床上，翻着聊天记录，心乱如麻地想，不知道怎么就又跟贺昀迟相处成了这样。

在很多时刻，陈南一都会希望自己有预知能力。他想偷偷借上帝的眼睛看一看，早些分类。手机屏幕的亮度随着昏暗的环境慢慢降下去，陈南一低低地笑了。

第二天傍晚，医生准时登门来给陈南一打针。贺昀迟来得稍晚，进门时，手里拎了一个比昨天稍大的纸袋，还有份南李路一家老粥铺的虾仁粥。

医生见贺昀迟来了，立马准备走人，对他客客气气递过来的水敬谢不敏："别再问了，好得很，烧退了，这针打完就差不多了。"

贺昀迟表现得很人模人样："谢了。"

"粥有我的吗？啧，果然没有……比你哥还抠门。"医生和贺昀迟插科打诨了两句便告辞了。

"医生走了？"陈南一听见玄关的动静，问了一句。

"嗯。"贺昀迟把餐盒打开放到他面前，递上餐勺。

"那待会儿输完谁来拔针？"

"我会。"

陈南一有点意外："你会？"

贺昀迟平静地道："小时候经常生病，我妈太忙，没空照顾我。有一次打针，护士没有及时拔针，出了点小意外。后来我慢慢就学会自己拔了。"

"那你爸爸——"陈南一刚把前半句话说出口，赶忙收声了。贺昀迟自己不提应该是有原因的，他实在不应该多追问。

贺昀迟表情没什么波动，推了推冒着热气的虾仁粥，道："我爸妈很早就离婚了。我爸比我妈还忙，现在也很少联系我。"

虽然近几年陈南一和父母的关系陷入僵局，但在学生时代，他的家庭还称得上是其乐融融，与贺昀迟这种强迫孩子早早学会独立的家庭环境大相径庭。

陈南一闷头吃了几口温热的粥，沉默一小会儿，冲身旁坐着的人笑了笑，有意安慰道："难怪你这么会照顾人。"

贺昀迟有点疑惑地盯着他看，像是在表达疑问。先前的朋友都没这么形容过他，祁明倒是抱怨过无数次他话太少脾气不好，很难相处。

陈南一读懂了他眼里的意思，笑眯眯地道："我只是感冒而已，你帮我叫医生，又专程带好吃的过来——这样还不叫会照顾人吗？"他说话间，贺昀迟正伸手去按落地灯的开关，看上去似乎是手不稳，连着按了好几下。柔和的昏黄灯光开始在陈南一那张脸上跳跃闪动，放大了他眼角眉梢的笑意。

灯亮了。

贺昀迟往后坐了一些，轻轻扶了一下架在鼻梁上的眼镜。

陈南一适时换了一个话题，关心起那个纸袋："你今天真的去那边换回来了？"

贺昀迟没说话，点点头，但没伸手去帮陈南一拿那个纸袋。

不过他本来也放得不远，陈南一单手打开，看见纸袋里的东西，怔了怔。

除了那套木制餐具，还有一捧用刨花木屑精心制作的干花花束。

"这个是……？"陈南一拿起那束花，嘴角噙着笑，冲贺昀迟晃了晃。

贺昀迟语速飞快地说:"今天去的时候正好有人在学这个,我就……随便做了一束。"

陈南一脸朝花束稍微埋了一下。这束花不似鲜花,只有尤加利叶和木料混合的草木气味,干净好闻。他用食指拨弄着那两枝装饰用的棉花,低笑道:"很漂亮。"

"谢谢。"贺昀迟得到肯定,把视线移到他的脸上,盯着那张大半隐没于花束后的脸,放慢语速,说起一些无关紧要的制作过程。他的态度严谨得好像在阐述实验设计思路与操作细节,语气却轻快得暴露出索要更多的认可与赞赏的意图。

陈南一的指尖轻轻擦过木质花瓣的边缘,安静地听他说完,眨眨眼,靠近了一点,诚恳道:"那你下次教我做这个?"

贺昀迟这次没有退开,和近在咫尺的人对望数秒,习惯性地推了推自己的眼镜,声音听起来颇为冷静:"可以。"

陈南一险些笑出声,勉强绷住了,又挪开一些,重新握起餐勺吃完了那碗虾仁粥。

晚餐过后,陈南一蜷进一团薄毯里,继续读昨天没读完的诗句集。贺昀迟顺理成章地坐在离他几十厘米的单人沙发上,对着电脑忙活需要修改的论文。

室内寂静,偶尔有晚风掠过窗沿。猫咪缩在沙发另一角打盹,尾巴一晃一晃地扫过抱枕,发出极轻的摩擦声,形成一种格外适宜阅读的白噪音环境。

但陈南一的大脑似乎丝毫未因这种环境而降低对有关贺昀迟的声音的敏感度。他的书读了十几页,就再没有翻动了,目光不由自主地飘过去,望着那双在键盘上敲敲打打的手。

由于常年待在实验室,贺昀迟皮肤偏白,指甲也修得干净。他支着头思考时,下巴幅度很小地蹭着手背,嘴唇紧紧抿着,生出一股符合自己长相的距离感。

但两人实际的空间距离非常近,让陈南一觉得,只要开口叫他,他就会冲自己轻轻微笑。

"快打完了。"贺昀迟仿佛感知到他的目光,脸转过来,扫了一眼挂着的输液瓶。

陈南一坐直身体:"嗯,差不多了,拔掉吧。"

贺昀迟合上电脑,去玄关拿了棉球,半蹲在沙发边,自然而然地握了握他的手腕。

陈南一低下头,能看到一双眼睛和高挺的鼻梁。贺昀迟眼神专注,动作又轻又快地揭掉医用胶布,抽出针头的同时,把棉球按了上去。

输液的时间稍长,陈南一的手有些冰,被捏着手,他只觉贺昀迟手心温度灼热。

他顿了片刻，自己按住那只棉球，张了张唇："那个——"

未出口的话被骤然响起的门铃声打断了，显然是有人来访。

贺昀迟的表情对中断谈话的不速之客很有意见，但他仍然让开半个身体，方便陈南一起身开门。他自己跟着往玄关处走了几步，靠在墙边看着门口的方向。

陈南一打开门，见到门外西装革履的男人，不由得一愣："郑渝，你怎么来了？"

贺昀迟立即站得笔直，盯着门口的两人看。

"受人所托。"郑渝的笑容有点职业化的味道，嘴角上扬的弧度都恰到好处，礼貌中却带有两分亲近。他左手拎着保温桶，往前一伸，说："我到这边来办完事，顺便送老周去找小林。小林说要给你送汤的那位朋友今天临时有事，我就自告奋勇地代劳了。"

"这是林姨做的吧。"陈南一接过保温桶，轻咳一声，"林昂也太……麻烦你跑这趟了。"

"捎带手的事而已。"对方跨进门，体贴地说，"还没吃饭吧？"

"啊，我……"

"陈南一。"贺昀迟忽然在背后叫了一声他的名字，手里举着刚刚还没来得及收起来的粥碗，面无表情地问，"这个要放哪里？"

郑渝这才发现公寓里还有一个人，尴尬地摸摸鼻子，退开些许。

陈南一头痛，忙把保温桶搁到料理台上："给我吧。"

"刚拔完针，按紧了。"贺昀迟见他真要过来接手，抬手一挡，边叮嘱边将餐具扔进洗碗机里，"别乱动。"

郑渝进退不是，只能站在原地打量他们，问道："小陈，这位是……？"

"呃……"陈南一偷偷看了一眼水池边的人，回答道，"我邻居。"

那天在酒吧街发生的冲突郑渝早已经忘了，当时他就没有留意贺昀迟，自然也谈不上有什么印象。不过现在看出眼前的青年和陈南一关系仿佛有些微妙，他嘴上便不太客气："看着很年轻啊，是学生吗？这么热心。"

眼见贺昀迟好像根本不打算回应，陈南一没办法，只好打圆场："是，他是A大的。"

郑渝揶揄一笑，顶着贺昀迟不怎么友善的目光，继续说："哦，那这位小朋友也算是我学弟了。"

气氛凝滞，来人停了几秒，瞟着站在陈南一身后一言不发的人，像在展示风度一般,彬彬有礼道:"既然你有客人,我不打扰了。"

陈南一巴不得赶紧结束这个奇怪的局面,跟着敷衍两句,把郑渝送进电梯才松了一口气,转身对门内的人说:"应该是……店里太忙,林昂走不开才叫他帮个忙。"其实他也不清楚自己在着急解释什么,但又认为不能不说。

然而没等他讲几句,电梯升到十楼的提示音又一次响起。

这次出来的人换了一个,一踏出电梯就径直往贺昀迟的家门口冲。

贺昀迟皱起眉,赶在祁明抬手拍在自己家门前叫住他:"祁明。"

祁明应声回头,望见贺昀迟跟一个男人一起待在对面的公寓里,表情顿时变得迷惑万分,抬头看了看门牌号:"你不是住 10A 吗?"

"……"贺昀迟只能匆匆离开陈南一家,领着好友回到自己家里。

一进门,祁明便吊儿郎当地倒在贺昀迟家宽大的沙发上,刚躺下又猛地弹起来:"哎哟,我想起来了!那男的是那天车祸的……"

正在慢条斯理地倒水的贺昀迟黑着脸看过去,祁明马上举手投降:"我什么也没说。"

贺昀迟没理他:"找我有事?"

"再待两天我就回伦敦了,今天晚上没局,来找你聊天呗。"祁明跷着腿道。他说着,问起进门前的情形:"你怎么回事?哎,我可就关心你的正常生活啊,说说,刚刚那男的到底是谁啊?"

贺昀迟解释道:"他住在我隔壁。"

"哦,邻居啊。"祁明坐正了,"难怪你逼着我不收他的修车钱。你们关系挺不错?"

"嗯。"

"行啊,远亲不如近邻。哥们儿总不能破坏你的邻里关系。"祁明伸了个懒腰,"你也不早说。"

祁明扯了几句闲话,见贺昀迟一副完全没心情的样子,狐疑地停下来追问:"你怎么了?脸色这么差。"他按照经验推测道,"实验没做出来还是文章没发上啊?"

贺昀迟烦躁地拧着眉,没给出回应,沉默半晌,才语气严肃地说了一句:"我看起来很像个学生?"

祁明瞪着眼,表情夸张得仿佛头顶已经随着内心想法升腾起一个大问号,反问道:"你第一天知道这事?"

04　在夜与雾的角落

贺昀迟回家之后，陈南一在书桌前坐了片刻，想做点正事。

他打开笔记本电脑，整理了早前拍摄的几道新菜品的图片和文案，又看了看下一阶段店内改装的设计草图。但他的心思飘忽不定，没法集中到工作上。挣扎半天，陈南一还是起身换好衣服出门了。

今晚的客人并不算多。陈南一进店转了一圈，上楼找到了正在天台吃饭的林昂。

"来啦，感冒好点了吗？"林昂朝他挥手，"我妈今天炖的老火鸭子汤好喝吧。"

"林姨的手艺当然好。"陈南一拉开椅子，坐到他身边。

昨晚下过雨，风里的凉意又添了一层。陈南一裹紧自己的浅色针织外套，手里转着胡桃木长桌上的一瓶装饰香熏蜡，和他闲聊："你怎么让郑渝来跑腿？"

"哦，因为小杉说还没出实验楼就被老师叫回去了。本来我想等人少点，自己给你送过去，结果他碰巧送周哥来取东西。"林昂剥着一只虾，促狭道，"我就顺水推舟咯。"

陈南一露出一个无奈的笑容，很轻地发出一个鼻音，身子朝后靠了靠。

"干吗？我知道你上次说跟他合不来，但也没到讨厌的地步吧。"林昂停下筷子，饭也不吃了，转过头疑惑地道，"好心帮个忙而已。"

"不是……"陈南一用手背按了按自己的额头，仰望着头顶的璀璨繁星，淡淡道，"是我自己的问题。"

林昂思考数秒，试探道："你不是因为觉得郑渝的性格像邵越吧？"

他说到最后三四个字，声音都变轻了。

天台上就有那么一两分钟再无人出声，陈南一保持着那个放松的后靠姿势，胳膊阻碍了林昂的视线，让他几乎都要怀疑身边这人其实已经睡着了。

"跟邵越没关系。"过了不短的时间，陈南一缓缓说。

陈南一不喜欢把已经过去的人和事拿出来评头论足，点到即止地接了林昂的一句话，就又缄默下来。

林昂平常神经大条，这会儿心却很细，收拾好吃剩的食物，又拎了一壶香茅水果茶上来，倒了两杯，把玻璃壶搁在桌边的茶炉上慢慢煮："交友偏好嘛，变一变也很正常，所以你现在改变想法了？"

陈南一觉得没法回答这个问题，转而反问道："我记得你以前不太喜欢周哥这种人？"

"是啊。"林昂比画了一下，斩钉截铁道，"我原来很烦闷葫芦的。"

陈南一喝着手里的茶："我看你们在一起玩得挺开心。"

"是咯。"林昂美滋滋地道，"可能处朋友这事本身就很扯，年龄、工作、脾气爱好什么的，找个能玩到一起的就行，干吗要有那么多条条框框？"说罢，他一边往茶壶里加了几块切好的梨，一边哼起一首歌。

　　陈南一听完林昂的话，捧着那只透明的锤纹杯，对着面前的一丛香草发呆，半晌没说话。林昂往茶壶里添上点热水，又给沉思的人倒了一杯。

　　陈南一愣愣地举起杯子抿上一口，差点被微烫的茶呛到，赶紧放下了。

　　林昂见他发呆得有趣，倚在桌边，打算继续观望下去，可惜林姨的声音从楼下远远传来："小昂，别猫在上面偷懒了，到厨房来帮忙！"

　　林昂没办法，起身下楼去了。

　　天台又清净得只有远处的鸣笛声与手边茶水煮沸的咕嘟声。

　　陈南一关了茶炉，给自己添上一杯新茶。

　　林昂说得没错，贺昀迟大概完全不符合他既有的交友偏好。

　　陈南一头痛地望向重重灯火与一条蜿蜒车流后的几栋公寓楼，属于他的那间公寓漆黑一片。同一层的另一间房虽亮着灯，在茫茫灯火中却只是一个并不起眼的像素点。可他的家已经变成了另一个世界，来自贺昀迟的关心无孔不入。他想要回到正常的轨道，就必须站在极冷的风口，反而更不能压抑躲进温暖避风角落的渴望。

　　扔在桌上的手机一振，弹出一条来自贺昀迟的消息。陈南一拿起来看了看，贺昀迟大概刚送走那位朋友，消息内容是问他怎么不在家。

　　陈南一打出一句回复，又默默删掉，强迫自己坐了片刻，最终还是起身准备回家。下楼前他忽然回忆起一件很遥远的事。

　　高中时代，可能是高一，或者高二，在某个冬天，朋友送了他一本《世界尽头与冷酷仙境》。

　　人的记忆有时很奇怪，会用一些细碎的感受来标记具体的事物。陈南一记得读完那本书的场景，在家里那幢老房子的露台上，地暖烧得室内太热，他到室外透口气，读完了最后的两页。

　　今晚与那夜一样，夜空晴朗，星斗密布，像是"世界尽头"的"森林"。他可以逃出森林，跃入回归现实的水潭里。但当他走在长长的，由梧桐树和路灯共同制造的迷幻光影里，倏忽想到了林昂刚才唱着玩的那首歌。

　　难怪觉得耳熟，陈南一看向那盏与他有关，为他指引方向的灯火，哼了一小句。

　　"在千山万水人海相遇……"

⑤
彼特拉克
十四行诗第
104号

"贺昀迟你什么毛病，把我叫回来，你自己一直看手机？"祁明打开车门，跳下车道。他今晚又开了那辆招摇得不得了的吉普。车停在酒店地下停车场中间，显得格外扎眼。

这间酒店东翼顶层的天台酒吧相对独立，是个喝酒聊天的好去处。祁明之前带贺昀迟来过一次，但是没想过会带他来第二次。

"上一次来这儿还是你跟冉雯分手后吧。"祁明调侃道。

贺昀迟好像没留心他的话，仍然不住地低头看手机，隔几秒就点开微信，但屏幕上空空荡荡的，并没有新消息提醒。

半小时前，祁明离开贺昀迟家还不到十分钟，又被他一通电话叫了回去。祁明将车开回公寓楼下一看，贺昀迟换了件烟灰色的风衣，表情更不好看了，刚上车就点名要去这家酒吧。

"别憋着了。"祁明出发前订过位置，一进酒吧就把贺昀迟按在露天座的沙发上，"你知不知道你现在的表情看起来很像又被人甩了？"

他这句话仿佛戳中了贺昀迟的痛处，对方立马放下手机正襟危坐，摆出一副要向他虚心求教的样子盯着他。

"先点杯酒吧。"祁明由衷感叹自己的判断力，深信好友确实是又遭遇了情感滑铁卢。

贺昀迟草草看过餐单，选定一杯鸡尾酒："就这个吧。"

祁明照旧点图拉多，等服务生走开才撇撇嘴道："苦乐交响乐？点的酒听起来都那么苦情。"他说罢，瞟了一眼贺昀迟，觉得这会儿还挤对人有些不厚道："我说你刚才在家里说的那些话是什么意思啊？"

"是因为冉雯？前阵子我看她发朋友圈说回国了。你们又见面了？"

"不是。"贺昀迟否认得很快。

"少来。"祁明会错意，误以为他是拉不下脸，"你在学校里认识的女生能说你看起来像个学生？"

眼见贺昀迟又沉着脸不说话，祁明不满道："有事别憋着行吗？嗐，这次回来我就觉得你有点怪怪的。"

贺昀迟问道："哪里奇怪？"

"黏黏糊糊的啊。"祁明说，"以前你可不这样。那回你跟冉雯分手，不仔细听还以为你在说昨天实验做砸了。"

两杯酒送过来，他端起自己那一杯，边喝边在脑子里搜寻一个合适的形容："真不是哥们儿说你，你这都矫情得有点……"

贺昀迟抱着胳膊，望向左侧并没有什么人的无边泳池，不知有意还是无意，接了一句："你也觉得我脾气不好了？"

祁明被一口威士忌呛得直冲天灵盖，猛地咳嗽了好几下："什么？"

"矫情不就是难相处吗？上回我和冉雯聊过，她说我脾气时好时坏的。"贺昀迟递了张纸巾给他，平静地道。

"这一听就是气头上的话啊。"祁明拿冰水顺了顺气，说道，"然后呢？"

贺昀迟沉吟半晌，才道："或许我们对朋友、交往、喜欢……很多事的概念，可能都不一样吧。"

"不一样？你什么时候冒出这么大一堆概念了？"祁明看着贺昀迟，开玩笑地说道，"不会是从你那个邻居那里学的吧？"

祁明越想越觉得不太对味，得寸进尺道："今天你在他家里干什么？"

贺昀迟客观回顾了一遍事实，认为问题并不是出在陈南一身上，冷静答道："他没有。我只是去帮个忙。"

"那你今晚是怎么回事？"祁明原本不想问得太深，现在却有点打破砂锅问到底的意思。

贺昀迟静了一小会儿，闷下一大口鸡尾酒："没什么。"

"扯吧就。"祁明翻了个白眼，苦口婆心道，"贺昀迟，你要是追不着哪个妞儿我还能给你出出主意，你要是跟男人有矛盾了——恕我直言，那我可什么忙都帮不上！"

他想了想，果断给贺昀迟分享了几个网站："要不要回去看着解解压？"

贺昀迟："……"他想解决的问题没解决，反而还多了一个喋喋不休试图阻止自己误入"歧途"的人。

贺昀迟索性不开口了，和祁明拼起酒来。一杯鸡尾酒和小半瓶麦卡伦威士忌喝完，贺昀迟明显有点头脑不清楚了，倚着露台扶手吹风。

祁明在一旁闲着无聊四处张望，盘算着送贺昀迟回去之后再找个伴儿。不过合心意的人没看到，他倒是瞧见了一个熟悉的面孔。

祁明问也不问贺昀迟，起身冲刚走进来的女孩招手道："冉雯！"

酒精作祟，贺昀迟反应比平常慢了不少，直到冉雯走到他们跟前才打了声招呼。

这家酒店离机场较近，冉雯订了明天上午起飞的机票，今晚便换到了这家酒店。她原本只是上来散散心，不承想能遇到他们。又看见贺昀迟喝得半醉，她更是吃惊，小声问祁明："他喝酒了？"

祁明点头，转了转眼珠，心说不能错过这个大好机会，便把贺昀迟朝她那边一推："我有点急事得马上走，正愁没人帮我送他。你来得正好，能不能麻烦你帮忙把他送回去？"

冉雯莫名其妙地看了看被推到身边的人，觉得当下的情况似乎不太好拒绝，只能点头应承："好吧。"

祁明做戏做全套，说要把贺昀迟丢给她，立刻就装模作样地拿起外套买单走人了。

冉雯让酒店前台帮忙叫了车，贺昀迟半途吐了一次。回到家时人才勉强清醒一点，开始弄不明白怎么变成冉雯送自己回来。

"你喝多了。"冉雯实在懒得跟醉鬼较劲，左右事后祁明也会告诉他来龙去脉。她给贺昀迟倒了杯温水，逼着他喝完："有没有不舒服？"

贺昀迟胃里翻腾得难受，摘下眼镜，捂着上腹靠在沙发上休息，淡声回答道："没事。"

"什么没事，胃疼了吧？"冉雯拧好一块毛巾给他，又去翻了一下储物柜，没找到胃药，只能拍拍不大清醒的人，说道，"我去帮你买盒药吧，你先别睡。"

她刚打开门，贺昀迟声音低沉地喊了一声："冉雯，不用了。"

"什么不用了，胃疼哪有不吃药的？"冉雯换好鞋，叮嘱道，"你千万别睡着啊，不然没人给我开门了。"

贺昀迟没有胃病，这会儿只是因为空腹喝了太多酒有点不适应。他晃晃头，硬撑着爬起来阻拦道："我没事，你回去吧。"

"你躺着吧。"冉雯把他往公寓里推了推，"我很快回来。"

贺昀迟还想再劝她不要小题大做，但恍惚听到电梯运行到这一层的声音，动作不由得一停，目光越过门边的女孩，朝门外看去。

他没有听错，电梯打开了。陈南一从中走出来，和自己对望着。

陈南一发现贺昀迟的衣服换过了，和身边站着的女孩十分相配。

他很不想承认这个事实。上次看见这两个人站在一起是在照片里，暂且可以匆匆滑过去不做过多停留。而此刻，面对这幅出现在眼前的真实图景，陈南一瞬间失去了诸如"滑过去"之类的逃避选项。

贺昀迟松开了抓着冉雯衣袖的手,压低声音对她说:"你先回去吧。我邻居家有药。"他的语气一下变得异常坚决,不容置疑。

冉雯不解地看看他,又看看电梯旁站着的男人,迟疑道:"你确定?"

贺昀迟点点头,直接带她走到电梯旁,送她进了电梯,道:"路上小心。"

陈南一不想多看,快步走到自己家门前刷开指纹锁,刚钻进公寓要关上门,贺昀迟抢先一步过来,用手挡在门边:"陈南一,我喝酒了。"

他又一字一顿道:"我胃疼。"

贺昀迟没戴眼镜,眼前一切都是影影绰绰的,喝下的酒不合时宜地发作起来,令太阳穴胀得发疼。他皱起眉,眯了眯眼睛,似乎努力想要看清面前的人。

贺昀迟身上确实有股酒味,陈南一靠得不算近也闻见了。

他微仰起头,看了看贺昀迟。这件风衣很适合对方,烟灰色,质感不错,让人看起来有一丝成熟。但贺昀迟离开眼镜,好像脱离了某些保持锋利的外壳,流露出一点很需要什么的茫然。

陈南一短暂犹豫了一下,随后没什么办法地说:"等一等,我找包药给你。"

他说完,打开室内的光源,在药箱里翻找着之前剩下的几包胃药。

可能因为他说的是"等一等"而不是"进来坐",贺昀迟依然站在门边,保持着右手搭在门把手上的顽固姿势。

药箱最上层是几盒新的药,都是贺昀迟叫来的医生留下的。陈南一从药箱底层找出一袋冲剂,转过身要交给他。

贺昀迟没有主动伸手去接,嘴唇紧紧抿成一条线,安静地盯着那个模糊的人影。

陈南一放下举着冲剂的手,叫了他一声:"贺昀迟?"

贺昀迟这才缓慢地抬起手,去拿躺在陈南一掌心里的那包药。

陈南一感觉到他用修长的手指碰到了自己的手腕,指尖到指腹的皮肤渐次贴上,带着些许凉意,可能才从外面吹了很久的风回家。

他抬起头,望见贺昀迟垂着眼睛,脸颊有片很淡的红,较劲似的不开口说话。

陈南一束手无策,只能咳嗽一声,低声问:"你家有热水吗?"

当然是没有的。贺昀迟这个样子,也没法指望他自己去烧。

陈南一叹了一口气,轻轻挣脱那只手:"我帮你冲吧。"十分钟后,他把冲好的药剂放到贺昀迟面前,又另外倒了一杯水。

贺昀迟规规矩矩地坐在自己家的餐椅上,像是嫌那杯药太烫,拿起陶瓷杯,喝了一口就放下了。

可能是最近相处的时间实在太多，两人沉默以对竟然也毫不尴尬。

陈南一这会儿并不想和他多说什么，任人待在餐桌边自生自灭。自己则靠着料理台，准备看他喝完药就回去。

他不太愿意开口讲话，贺昀迟却很愿意。

陈南一刚拿出手机，打算刷刷新闻，贺昀迟在一小片昏黄色灯光中微侧着脸看向他，道："我刚才找过你，你不在家。"

他的声音听起来清醒不少，用词却一点不精准。

陈南一想，那至少是一两个小时前的事，不应该用"刚才"。

毕竟间隔已经足够长了，长到贺昀迟可以去赴一场酒局。

陈南一握紧手机，过了一小会儿，静静地将它收回口袋，道："找我有事吗？"

这句话似乎完全没有落进贺昀迟的耳朵，他自顾自地追问："你和那个人一起出门了？"

陈南一感冒没好全，鼻子还堵得厉害，脑袋转了许久，才意识到贺昀迟说的是谁，刚想开口否认，又听见坐在长长木桌另一侧的人语气生硬地道："你不是说你和他不怎么熟悉吗？"

少了眼镜，贺昀迟看不清陈南一的表情，迟迟等不到回答，便把他的沉默理解为一种变相的否认。

这种默认与酒精一样，令人五脏六腑都充斥着一股格外强烈的灼烧感，并迅速蔓延为击败理智的烦躁。

由于所学的专业，贺昀迟常常不得不应付各种各样突发的实验问题与意外，只要不是太过分，都能冷静包容。但经过一整晚浮浮沉沉的思考，贺昀迟依然认为，这件事很不合理，急需纠正，以至完全不能容忍。

他把面前那只陶瓷杯里已经变得温热的褐色液体一饮而尽，起身走到离陈南一只有两步的地方，定定地凝视着对方，拧着眉："你是不是在骗我？"

陈南一手中空无一物，心却不住下沉，舌尖抵着牙齿滑动几下，很多字句堆叠到一起，最后脱口而出的反而是最不理智的一句："你怎么会喝这么多？"

他没法控制自己，补充问道："深夜买醉吗？"

贺昀迟情绪汹涌，大脑却陷入低效率模式，弄不明白陈南一为什么突然扯上另一个话题。但他循着逻辑本能，从容道："我是和普通朋友一起。"

"前女友也算是普通朋友吗？"

贺昀迟怔了一下，像是有些意外，却又并没有否认。

陈南一觉得自己呼吸很热，像是又重新发起烧了。他咳嗽着，捂住自己的口鼻，被突然泛起的一阵鼻酸激得眼眶微红。

在早前与宋亦杉的简单交流中,陈南一对贺昀迟下过非常粗浅的定义,一个很有距离感,且不好相处的人。但贺昀迟本人与这种定义高度不符,充满惊喜。这导致陈南一一再走近观察,没能及时悬崖勒马。

但今晚贺昀迟莫名其妙的脾气像悬崖边缘一块警示路人的石刻,提醒陈南一,人的外表和内在也许相似,也许不同,如果靠得过近,就得自负其责。

屋内静默极了。

良久,陈南一声音苦涩地开口道:"贺昀迟,我先回去了。

"另外……既然我们是普通朋友,那最好保持一点距离。"

墙上壁钟指针转过十一点时,贺昀迟还坐在那把木质餐椅上出神。

公寓里只有自己一个人,陈南一离开很久了。

唇齿间还残留着一点冲剂若有若无的苦味,很难闻。

贺昀迟抓起桌上那杯水,一边喝一边在脑海中重复陈南一的话。他专心致志地思考"普通朋友"和"保持距离"两个词连在一起的含义,发觉怎样也不能推导出一个让自己高兴的结果。

他揉揉额角,头疼得分外难受。偏巧被扔在沙发上的手机赶在这时响了好几下,微信连续弹出多条新消息。

是任钧发来的消息,说今天正式确定了婚期。

贺昀迟机械地回复祝福,原本想直接丢开手机,却又注意到之前大哥给自己分享了几首预备在婚礼上演奏的钢琴曲。他随手点开最近的那首——李斯特的《彼特拉克十四行诗第104号》,又将手机平放在桌面上。

悠扬的钢琴声开始婉转流泻,填满了整间空寂的屋子,矛盾,浪漫,诉说起一个男人热烈而深沉的爱意。

06

在安静的
芳草地

贺昀迟第二天醒来时，发现手机自动关机了。他翻身插上电，拖着一身疲乏进浴室洗澡。

昨晚的记忆断断续续，不够连贯。他在花洒下努力回想片刻，成功记起陈南一最后扔下的那几句话，立刻草草擦干身体，顶着一头湿漉漉的头发，拿手机给祁明拨了电话过去。

"喂？贺昀迟？昨晚怎么样啊？"电话接通，祁明得意扬扬地哼哼两下，调侃道，"看看，喝个酒都能遇见，你跟冉雯这缘分——"

贺昀迟刺啦一声拉开深色窗帘，被窗外明晃晃的阳光照得闭了闭眼睛。他转身在床边坐下，沉声问："我就是问你一下，为什么是冉雯送我回来？"

"哈？"祁明今早得回家陪父母吃早餐，这会儿正在开车。早高峰时间，路上车多，他被堵在二环线，有的是闲扯的心情，便简单描述一番昨夜酒局结束时的状况，暧昧地追问道："有没有点进展啊你？"

"能有什么进展？"贺昀迟用手掌撑着额头，语气夹杂着几丝烦躁，"我跟她没什么，昨天不是告诉过你了？"

"真的啊？"祁明打了一把方向盘，敛起笑意，正经道，"不是，这也不能怪我会错意啊，你还能喜欢谁？就你这一不出家门、二不离实验室的。"

"喂？"祁明都开过一个路口了也没听见回答，抬手疑惑地调整了一下蓝牙耳机，"贺昀迟？问你呢。"

屏幕瞬间一黑，显示对方已经切断通话。

贺昀迟挂完电话后把手机扔到一边，顾不上自己没擦干的头发，直直躺了下去。他望着上方一片灰色调的天花板，只觉脑内有许多话纠缠在一起，乱成一团麻。

躺了没一会儿，手机又玩命地响起来，贺昀迟不胜其烦，摸过来一看，是庄泽森的来电。

庄泽森早就给他发过十几条消息了。今早大导突击实验室查打卡，碰巧撞上贺昀迟缺席，问他是个什么说法。

贺昀迟不得不匆匆爬起来洗漱，赶去实验室。路上他逐条翻了一遍未读消息，除去开会通知和各种学校事务，就是任钧给他留的一条："有空给哥打个电话。"

贺昀迟往上一拉，昨晚的消息记录里，除开两条祝福，他竟然还发了一句心情不好。

难怪还有两个大哥的未接来电。

贺昀迟头更疼了。

虽然没有强制要求，但大部分学生周末都会照常到实验室打卡做实验。贺昀迟向来是只早不晚，今天头一遭晚点还遇上查岗，倒霉透顶，破天荒地在办公室挨了半个小时的说教。

"你今天怎么啦？睡过了？"庄泽森特地等在导师办公室门口，见他出来，跟上去递了瓶水，"喝不喝？"

贺昀迟拧开瓶盖，灌了两口才答："嗯。"

"那也别关机啊。"庄泽森说，"你平常睡觉不都开振动吗？"他没太注意贺昀迟的神情，"不说这个了，那个邮件你看了没？下个月要去 C 市开会。"

贺昀迟打开手机邮箱，确实有封新邮件，导师选定了他们几个人一起去 C 市某大学听报告。

"知道了。"

"以后可别动不动关机。"庄泽森推着他往公共实验平台走，"快，快，我预约的仪器该到时间了。"

酒醉带来的头疼持续了一整天。

傍晚时分，搬完几十斤的小鼠饲料，贺昀迟头昏脑涨地往楼下走去，打算去便利店随便买点东西凑合一顿。

庄泽森跟在他身后，替他操心今天迟到要被扣掉多少补助："你运气也太烂了，大导八百年查一次岗就让你赶上了。唉，最多也就扣一百吧，你又没天天迟到。"

他见贺昀迟往校内的小商业区走，连声喊道："怎么想起来吃便利店了？别吧，我们去吃那个 One Day 啊……"

晚秋的天色暗得很快，路灯的光藏在有些疏落的梧桐树叶中，变成悬于深蓝天际的幻象星光。

附近一家小小的咖啡店隐隐散出豆子烘过后的焦苦味道，弥漫在一小段林荫道间。

贺昀迟穿过其中，像是也被泡得清醒了一些。他听见庄泽森脱口而出的店名，默不作声地走快两步，拿出手机，点开微信。

干干净净，没有新消息。

他滑了几下，打开和陈昀一的对话框，只是输入了一个干巴巴的"昨天"，就停住不再继续打字。

"我请客你都不去啊？贺昀迟？"

"不去。"贺昀迟按了一下锁屏键，朝转角的便利店走去，"就吃这个。"

庄泽森觉得他莫名其妙，转念一想，八成是被导师骂得心情不好，也就不跟他计较了。

便利店人很少，贺昀迟买了份意面，坐下来吃了不过几口就推说没胃口，把剩下的食物扔进了垃圾桶。

庄泽森讶异道："刚搬完那么多东西，你不饿啊？"

贺昀迟摇摇头："不好吃，不想吃了。"

"便利店的东西不都一个味儿？"庄泽森无语地看着他，"你以前天天买还说不好吃。"

他边说边咬了一口三明治，一拍大腿："啊，说起来One Day的奶油蘑菇意面还挺好吃的。走吧走吧，我请客！"

贺昀迟心烦意乱，口气也变得不大好："我说了不去。"

庄泽森被他突如其来的脾气震了一下，讪讪道："不去就不去呗……"

贺昀迟自知不该对他发火，抬手压住自己的额头，顿了几秒，低声说："抱歉，心情不好。"

"问题不大。"庄泽森摆摆手，反过来宽慰他，"你看，这次开会导师照样还是带你。别硌硬了，组里谁还没被骂过几回？"

贺昀迟敷衍地点头，离开便利店就说不太舒服，早早回家了。

今晚没有特殊安排，贺昀迟回家后枯坐着看文献。

临近十一点，任钧打了电话过来，贺昀迟犹豫一小会儿，还是接了。

"昨天晚上怎么了？"任钧气喘吁吁地问。

此刻洛杉矶正是清晨，贺昀迟听出他大哥在晨跑。他试图快速转移话题："喝多了，随便发的。你在跑步？"

"你还会喝多了？"任钧笑声爽朗，很拎得清重点，"肯定有事。"

"说说吧。"任钧调低了跑步机的速度，轻松道，"又想改志愿？"

贺昀迟闻言，勉强笑了一下。当年高考结束后，他坚持要把志愿从母亲属意的商学改到现在的专业。母子俩当即大吵了一架，闹得不可开交。任钧和任叔叔一起劝了很久，母亲才妥协，顺了贺昀迟的意思。

这件事算是这么多年来家里最大的一次风波，任钧偶尔会拿它调侃贺昀迟，劝他别跟母亲冷战，毕竟没多少事比这个还难商量。

这次……

否认的话到了贺昀迟嘴边，却许久没真正说出口。他犹豫片刻，反倒鬼使神差地冒出另一句："可能——"

"嗯？"

"是关于我最近新认识的一个朋友的事。"贺昀迟说，"可能会让你们有点意外。"

"这么看重啊？"任钧听起来很高兴，"多认识朋友有什么不好？有机会大哥请他吃饭。"

贺昀迟沉默一小会儿，认为三言两语没法解释清楚："等我回家再说吧。"

"好啊。"任钧也没问得太紧，他从跑步机上下来，喝了一大口水，提醒贺昀迟另外一件事，"对了，之前不是告诉过你外婆最近病了，要到 A 市住院吗？"

"嗯。什么时候？我去看她。"

"应该就这两天。"任钧说，"另外，照顾外婆的张阿姨也会带着希希一起去 A 市。贺姨说让他们在你那儿住几天，她下周回国再把希希带走。"

"贺希要住我这儿？"贺昀迟的脸立马黑了。

贺希是四五年前贺母收养的一个弃婴，有先天疾病，一直留在国内疗养，近一两年才慢慢好起来。贺昀迟的外婆很喜欢这个小男孩，看得跟亲外孙一样。五六岁的小孩活泼调皮，折腾坏了贺昀迟放在老家的纪念册和奖杯若干，认错还不一定改。贺昀迟懒得和小孩讲道理，只想有多远躲多远。

"就几天，住酒店怕张阿姨不方便做饭。贺姨说了，等她回去再另外安排。"

"好吧。"

贺昀迟结束通话，忽然调整转椅，冲着门口发呆。他靠着符合人体工学的椅背，静默好一会儿，最终什么也没做，又把身体转了回去。

电脑显示屏发出幽幽的蓝光，贺昀迟扫了一眼从打开到现在仅仅下拉两行的文献，摘下眼镜，默默关上了电脑。

伴随着 A 市秋天一起到来的这场感冒持续了半个多月，在没见到贺昀迟的数天之后，陈南一的病总算好得差不多了。

生活悄然回归旧轨，陈南一重新运行起市场、厨房和公寓三点一线的简单模式。

最近陈南一杂事缠身，店里要推应季新品，还有计划到一半的店装翻修设计。几天下来，他的微信、电话和短信被各种记录塞得满满当当，贺昀迟这个名字逐渐消失在视野里，他见到的频率越来越低。

然而贺昀迟本人并不能像微信聊天界面的对话序列一样，被一个又一个人或一件又一件事挤占位置。他依附在生活的种种细枝末节中，随时都能夺取陈南一所有的注意力。

每次回家，陈南一总感觉，控制自己不去看对面那扇门，像在伪造一个贺昀迟没有出现过的宇宙。他徒劳无功地为这个冒牌宇宙堆起薄冰似的外壳，但是这层外壳被忽然冒出的猫咪摆件或干花花束轻松击溃，碎冰倒地，发出某种骨牌倾倒般的声响。

"南哥，周哥在等我，先走啦！"每个月最后一周的周一One Day会例行店休半天。

午市结束，林昂心心念念地出门玩，打声招呼就准备离开。

"对了，别忘了我妈做的桂花蜜啊。"溜到门外的人高声提醒道，"给你放三楼了。"

"OK，明天见。"陈南一笑了笑，独自留在店里归置打扫。整理完毕，他又上楼取了两瓶桂花蜜和糖水栗子，打算回家试着做点新甜品。

关店时竟然又飘起了雨，陈南一撑着一把路边十元买来的透明塑料伞，匆匆往家走。

下雨天行人稀少，连门口的保安也都拉紧了门窗，在室内避风。

走到公寓楼下，陈南一拿出门禁卡刷开公寓楼的玻璃门，一直猫在门口花坛边的小男孩马上站起来，眼巴巴地跟在他身后，乖巧地道："哥哥好，我能借你的手机打个电话吗？"

陈南一怔了一下，打量着眼前这个突然冒出来的五六岁的小孩。孩子看着有些眼生，不像是小区住户。但他看了看外面声势渐大的风雨，觉得也不能拒绝一个这么小的孩子，于是一边掏手机，一边躬身道："你住在这儿吗？爸爸妈妈呢？"

"我哥哥住在这儿。"小孩回答道，流利地报出一串号码，"这是我家阿姨的手机号。"

陈南一替男孩拨了电话，又摸摸他的头，问："你叫什么名字？"

"贺希。"小男孩仰头冲他笑了笑，露出两颗小小的虎牙，显得很古灵精怪，"祝贺的贺，希望的希。"

周一下午是课题组例行组会的时间，贺昀迟发言结束，坐回自己的位子。庄泽森在他背后戳了戳，低声道："什么情况？你的手机刚才好像一直在振。"

贺昀迟拿出手机一看，十几个未接来电，都是张阿姨打来的。他脸色一变，赶忙躲出去回了电话："张阿姨？怎么了？我外婆还好吧？"

"哎呀！你总算接电话了小迟。"张阿姨正在医院，说话声音刻意压得极低，"不是你外婆的事。刚刚我带希希出门去超市，小捣蛋鬼不知道跑哪儿去了，吓死我了。超市里里外外找了好多圈……"

贺昀迟头痛："您怎么带着他出门了？现在找到了吗？"

"找到了找到了。唉，我也不想带他出门的，还不是他缠得人没办法了。"张阿姨说，"半小时前有个好心人打电话过来，说希希在他家里，就是咱们家对面那户。这小浑蛋，隔了两条街他还知道自己摸回去……"

听她说完，贺昀迟微微一愣："贺希在邻居家？"

"是呀。"张阿姨说，"你外婆这边等下要去抽血做检查，我走不开，小迟你赶紧回去把希希接回家吧。"

贺昀迟在原地绕了两步，答应道："好，我知道了。您去忙吧。"

组会正好也进行到了尾声，贺昀迟跟导师简单说明情况后，冒雨赶回家。站到陈南一家门前时，轻呼一口气，隔了小半分钟，他终于抬手按下门铃。

门开得很快，陈南一打开门，头也不抬地说："你好，是贺希的——"

映入眼帘的是一双有些眼熟的黑色沙漠靴，让他还没出口的后半句话登时收住了。

贺昀迟撑着门，动也不动。陈南一看着门外的人道："是……"

"我是贺希的哥哥。"

陈南一噎了一下，抿抿唇，有点不知所措，退后道："哦……我以为会是他的阿姨来接他……"

"张阿姨在医院照顾我外婆。"贺昀迟说。他解释完，也不知道接下来该说什么，停顿了一小会儿，问："你感冒好了？"

"好了。"陈南一不想再这么尴尬下去，回过头道，"贺希？"

"哇！"贺希正追着小咪跑来跑去，听见陈南一叫他，从沙发后探出一个小脑袋，望见站在门口的另一个人，嗷的一声就缩回去了。

陈南一："……"

贺昀迟尽力克制自己把人暴力拎回家的冲动，冷声道："贺希，赶紧出来。"

"我不回去。"贺希抱着一只碗，溜到餐桌旁边，理直气壮地道，"这个哥哥请我吃的桂花圆子我还没吃完！"

空气中确实飘浮着甜丝丝的桂花香气，贺昀迟僵了一下，眼睁睁看着小孩爬到餐椅上端正坐好，半天没接上一句话。

陈南一不知为何非常想笑，但勉强忍住了，解释道："我在用桂花蜜试做甜品，就给他煮了一小碗。"

贺昀迟看了一眼陈南一，别过脸，盯着贺希，熟练地换鞋进门，拉开餐椅坐下道："吃完就回家。"

贺希的眼珠滴溜溜地转了转，他趴在桌边对贺昀迟小声道："但是这个哥哥说我可以留下来吃晚饭的……"

贺昀迟一眼看破他的花招，面无表情道："是吗？那哥哥是不是还说你可以留下来住几天？"

陈南一第一次见到贺昀迟这副一本正经嘲笑人的样子，实在没忍住，轻轻扬起嘴角。

躲在碗后的小孩撇撇嘴，可怜兮兮地望向陈南一求救。

"那个……"陈南一轻咳一声，坐到贺希身边，揉揉他的发顶，打圆场道，"我是说过让他留下来吃晚饭。"

他顶着贺昀迟异样的眼神，顿了几秒，道："要不然你也一起吃吧。"

眼见贺昀迟答应留下来吃饭，小孩如释重负，抓了两口桂花圆子，跳下椅子招惹小咪去了。

餐桌边又只剩下了两个人。

贺昀迟毫不避讳地看着对面的人。不过几天没见，陈南一好像瘦了一点，身形看起来略显单薄。他迟疑很久，才把一周以来压着的话慢慢说出口："那天晚上我喝多了。"

听他提起那晚的事，陈南一愣了愣，低头道："哦。"

"我那天不是去和前——"贺昀迟皱皱眉，换了个措辞，"我和祁明去喝酒，喝完了才遇见冉雯的。"

"我们在本科时交往过一段时间，但分手两年了。"他的指尖无意识地在桌面上摩擦着,"最近联系也是因为要去参加大学同学的婚礼。"

陈南一抬起头,与贺昀迟平静对视着,慢吞吞地道:"这样啊。"

贺昀迟挑眉,反问道:"你呢,你是怎么认识冉雯的?"

陈南一语塞,一时想不到什么好借口。他支支吾吾片刻,起身去翻冰箱,故意提高一点音量,道:"晚上想吃什么?"

贺昀迟不满对方转移话题,但又不敢继续逼问下去,只能跟着站起来,帮忙取出一堆食材:"随便做点吧。"

"希希呢?"陈南一问他,"希希喜欢吃什么?"

贺昀迟手稍停,瞟了趴在沙发上逗猫的小孩一眼,拿出两棵西蓝花,口吻平淡地道:"他最喜欢吃西蓝花。"

这顿晚餐吃得非常愉快。

贺昀迟认为这主要归功于陈南一耐心够好,其次是他自己的震慑发挥了作用。

贺希在刚认识一下午的邻居哥哥面前表现得十分乖巧,基本没有胡闹。

因此回家后,本该有的一场教训自然不了了之了。贺希开开心心地抱着自己的绘本,躲回房间接着玩。

晚间张阿姨从医院回来,聊起今天下午的小意外,对陈南一赞不绝口,说其实这两天买菜时就打过照面了。

"哎呀,咱们这要怎么感谢人家啊?要不要买点东西送过去?"

"不用了。"贺昀迟才收到导师发回的一篇论文批注,边对着电脑修改边道,"他家里什么都不缺。"

"这怎么能行呢?得好好谢谢人家。"张阿姨絮絮念叨着,"这么热心的孩子,你一直一个人住在这边,以后有个什么事还能指望他帮一把呢。"

贺昀迟听她说了一会儿,忽然停下手,从电脑前转过脸来,问道:"您觉得他很好吗?"

"当然啦。"张阿姨笑眯眯地道,"看着面善得很,人也和气。"她清洗好用过的保温桶和餐具,侧身高兴地道,"我想起来了,老家还有不少菌子呢,都是好货。我明天让小张给我寄一袋来送给他,你看怎么样?"

贺昀迟靠在沙发上,似乎在很认真地思考她的话:"不知道他吃不吃得惯这个。"

"什么?"张阿姨没听清。

"没什么。"贺昀迟好像醒过神,转而认真评价她的提议,"挺好的,他很擅长下厨。"

这周贺昀迟格外忙碌。会务组发来了名单确认通知，几天后他们就得出发去参加十一月初的C市学术交流活动，还有一堆待看和待写的材料。碰巧大导又安排了一个新的项目下来，虽然没落到贺昀迟手中，但他得帮庄泽森加快做完之前的实验。

他在实验室里接连熬了两个通宵，所剩不多的空余时间也都花在了医院探视上。

外婆的病况还好，周日就会安排动手术。张阿姨跟去医院照顾，腾不出手照顾贺希，便把贺希交给了周末在家休息的贺昀迟。

贺昀迟对照顾小孩没有什么概念，放任他自己玩了一上午，临近中午才放下手头的书问了一句："想吃什么？"

贺希立刻开始滔滔不绝地点菜，刚报了两三样，贺昀迟打断他的话，道："就麦当劳吧。"

贺希有点崩溃，十分有原则地坚持道："外婆说麦当劳和肯德基都不健康，我不能吃。"

贺昀迟掀起眼皮看了看他，朝后一仰，打开手机的外卖软件，道："叫外卖吧。"

"我不吃。"贺希原本踩在沙发上，听他这么说，瞬间跳下来，把头摇得像拨浪鼓，"我要去找对面会做饭的哥哥。"

贺昀迟伸手轻松拎住小孩的衣领："乱跑什么？他不在家。"

贺希扑腾两下，扯了扯自己的小T恤，没能成功挣脱出来，只能扭着身体对贺昀迟怒目而视。

贺昀迟想了想，抬手把贺希拎回跟前，道："我们出门去找他吃饭，但你不许捣乱。"

小孩掰了几下他拽着自己的手，哼哼唧唧地重复了一遍："不捣乱。"

贺昀迟这才轻飘飘地松开手，拧了一把贺希肉肉的小脸，带他换好鞋子出门。

午市One Day的客人也不少。贺昀迟进门，并没有看见陈南一。

贺希毕竟是小孩子，很快被店内的花花草草分走注意力。他在庭院里闻来闻去，倒把吃饭和"会做饭的哥哥"这个人一起忘到脑后了。

贺昀迟索性找了个露天位坐下，点好几道菜，摸出手机给陈南一发了一条微信。

但是直到这顿午餐吃完，陈南一都没有回复。

贺昀迟有点烦躁，买单的时候忍不住问了前台一句："陈南一不在吗？"

坐在吧台后的人是林昂，抬头一看，模糊认出面前的人好像是陈南一的朋友，便指指楼上道："你找南哥？他在三楼的工作间。"

贺昀迟短暂犹豫了一下，望了望通往三楼的木质楼梯，转头拜托林昂帮他照看几分钟还在庭院里玩耍的贺希，自己上去找人说几句话。

左右店里也不太忙，林昂爽快答应了。

这栋小楼的格局是原来老式民居的常见样式，三楼工作间是天台附带的一个小小阁楼。陈南一租下这栋房子后做了些改造，把阁楼向阳的那一面玻璃窗扩大不少，整间房变成一间半玻璃房。

天气晴好，阳光透过光洁的玻璃照进室内，几乎能看清空气里飘浮的星点微尘。

三楼意外地安静，就像根本没有人。

贺昀迟踏上楼板，听见自己踩在木质地板上轻微的吱嘎声，不由得放轻了脚步。

工作间的门是旧旧的木门，刷过暗橙色的漆。贺昀迟试着敲了两下，并没有人回应，他轻轻一推，门就自动慢慢打开了。

室内不是太亮，浅色纱帘拉到一半，挡住了大半照到近窗那张小小单人床上的光。

陈南一穿着很简单的白衬衫，领口微敞，身上松松搭了一条纯白的绒毯，戴着一只墨绿色缎面眼罩，正躺在床上休息。

贺昀迟喉结一动，大脑一片空白。

他觉得这时正确的做法应该是直接离开下楼，等陈南一醒来回复自己的微信消息。

但他的双脚完全不受控制，又轻轻朝前走了两步。

一道纤细、明亮的日光横亘在陈南一身上。整个房间变成一个巨大的玻璃球，那道日光就是玻璃折射的明亮光痕。贺昀迟想起小时候曾经到在北方工作的父亲身边度过的深秋，院子露天的水池会结上一层极薄的冰，冻住落下的枫叶，像一块应季而生的限时琥珀。他会伸手去捞那些漂亮的枫叶，抱回房间里，变成自己的私藏。

贺昀迟站在床边，还未想好下一步该怎么做，手机忽然振动起来。他手忙脚乱地拿出来拒接来电，随手一滑，竟然滑到了相机的功能界面。

贺昀迟心虚地看了一眼床上的人，陈南一的呼吸非常均匀，应该还没醒。他握着手机在原地发了几秒呆，木门忽然被人用力一推，直直打开了。

是好奇的贺希跑了进来，贺昀迟还没来得及反应，小孩已经凑过来，撞掉了贺昀迟的手机："这个哥哥在睡觉啊。"

贺昀迟皱眉，刚想叫他小声点，陈南一的手却动了动。陈南一摘下眼罩，眯着眼看面前的人："贺昀迟？"

贺昀迟拖着刚捡起手机的贺希后退一步，遮掩性地咳嗽了两声："我带贺希过来吃饭，就顺便……想找你打声招呼。"

陈南一坐起身，揉了揉眼睛，拿起旁边的水喝了一口，舔舔红润的下唇，讷讷道："噢……"

贺昀迟微微别过脸，声音有些不正常，低声道："我不知道你在午休。"说罢，便牵着懵懵懂懂的贺希脚步极快地离开，"先走了。"

回家的路上，贺昀迟低着头胡思乱想，连手机被贺希拿在手里摆弄也没注意。

两人穿过马路，经过小区门口的便利店，贺希站住不肯走了，扯扯贺昀迟的衣角，道："哥，我要吃冰激凌。"

贺昀迟眼角余光一扫："这么冷的天吃什么冰激凌。"

"我想吃。"贺希蚊子般哼哼，"就吃一个。"

"不行。"

"那我要回去，"贺希从他的手里挣脱出来，"告诉那个哥哥你偷拍他睡觉。"

手机界面上赫然是一张陈南一睡着的照片，贺昀迟一愣，意识到应该是之前无意间按了快门。他迅速把手机抽回来，拉下脸道："闭嘴。"

贺希露出一个平常调皮捣蛋时常有的狡黠的笑，又拽了一下自家哥哥的衣角，眨眨眼道："我要吃冰激凌。"

贺昀迟低头盯着他，过了片刻，才从冰箱里拿出一个扔给他，自己付钱去了。

外婆手术进行得还算顺利，接下来只需在医院好好休养。贺昀迟紧赶慢赶，周末探视了一次，周二就急匆匆地登上了前往C市的动车。

旅途时间不长，他就没有睡觉休息。这次报告会去的人不少，两三个课题组的人，占了小半节车厢。

贺昀迟拿着Kindle读了几页，一副不说话聊天的架势。

庄泽森喝着果汁，和过道另一边的人聊起来："怎么没看见你们组的何莹姐？"

"她这次好像没申请，你找她？"

"有个实验的事想问问来着。"庄泽森把果汁扔回包里，"没事，反正也不着急。"

过道那侧的女孩犹豫一下，忽然稍稍倾身，小声说："那个……如果不是特别要紧的话，你最近还是别找她了。"

"啊？为什么？"

"其实上周她就好几天没来实验室了。"

庄泽森脑子没转过这个弯："真的假的？你们导师这么好说话吗？都不管啊？"

"不是不是，你小点声。"女孩拍了一下他的胳膊，"秦教授在前面呢。"

"好好好，小点声，你说你说。"

"就是……"女孩欲言又止，"算了，几句话讲不清楚。"她瞟了一眼车厢前排的老师们，无奈地冲庄泽森做了个摊手动作，压低声音道，"你不是认识宋亦杉吗？你可以问她。"

"这事儿跟宋亦杉……噢，我是看她找过好几次何莹姐来着，她们俩关系好？"

"嗯。反正……挺复杂的，可能何莹姐最近都不会来实验室了。"

贺昀迟全程旁听，并没插话。庄泽森聊完天，掉头和他感慨起这事："实验都不管了，何莹姐不会病了吧？毕竟研三压力大啊。"

"少议论别人。"贺昀迟把东西收好，看看表，道，"差不多到了。"

C市天气很好，办完入住，庄泽森找其他组的朋友出门聊天去了。而贺昀迟留在房间里，直到有人发微信叫他一起吃饭才出来。

老师们晚上另有安排，会务组安排的酒店餐太敷衍，几个认识的同学朋友便在同街的小店凑了一桌。贺昀迟到时菜都点好了，一群人正在热火朝天地闲聊。

"贺昀迟，坐这儿。"庄泽森招呼他一声，又同对面那个男生继续聊，"你刚才说的是真的啊？宋亦杉保研是因为——不会吧？"

贺昀迟坐下，对桌上另外几人点点头算是寒暄。

那个和庄泽森聊天的男生是他们同届被B大推免过来的学生之一，他谈及当年的保研风波头头是道："当然是真的，就是被她拉下水的那个食院学长蛮惨，听说跟贺昀迟一样，本科就开始发文章了，能力也很强。"

庄泽森推了贺昀迟一下，挤挤眼，道："哈哈哈哈，你们本科开始发文章的都是变态。"

贺昀迟喝了小半杯水，漫不经心道："那怎么没推免到我们学校？"

"人家跟的是B大的邵教授，在食院那边约等于我们大导，换我我也保本校啦。"那个男生笑嘻嘻地道。

"哇，隔壁院的事你这么清楚？"庄泽森问。

"我女朋友是 B 大食院的嘛。况且那个学长研究生退学也是够牛，你问问 B 大食院来的人，肯定听说过他，叫陈南一。"

贺昀迟没想过在这种场合还会听到陈南一的名字，起初甚至愣了几秒。等他反应过来，追问的话已经脱口而出了："你说他叫什么？"

"陈南一啊。"男生打量他两下，"贺昀迟你认识？"

贺昀迟没有作答："你刚才说他是因为宋亦杉退学的？"

对方点了点头。庄泽森有些奇怪地侧过脸看贺昀迟，毕竟他平常从不参与这些课题组内外的小八卦讨论。

"得，我还要再讲一遍？"男生笑着挠挠头，"就是保研加分的事呗。一篇期刊论文，有人说数据是偷别人的，有人说是这学长做的实验自愿让宋亦杉挂名。就这事，他们课题组其他人可能觉得不公平，不知道有没有举报什么的。反正最后就闹得这学长退学了。"

贺昀迟脸色有点难看，想说什么又按下了，只是平静道："事实没弄清楚也可能是误传。"

周围的人面面相觑，庄泽森更是匪夷所思地看着他："你跟那个陈南一很熟？"

贺昀迟推了推眼镜，没开口说话。

桌上短暂尴尬了一小会儿，有人扯起另一个话茬，气氛才重新热闹起来。

吃过晚饭，贺昀迟没跟庄泽森一起回酒店房间，自己另找了家咖啡店坐下，摸出手机，在和陈南一的对话界面上来来回回打了几个字，又都删掉了。

最终，他给任钧发了一条消息："能接电话吗？"

任钧这些天到纽约出差，现在正是早餐时间，还算方便。他看见贺昀迟的消息，笑了笑，直接拨过去："有事？"

"也……没什么。"贺昀迟闷声道。

任钧听他的声音，觉得有几分好笑："你最近说话总是吞吞吐吐的啊。"

"有吗？"贺昀迟不太自在地动了动身体。

"有啊。"任钧夹着手机，给自己接了一杯咖啡，点评道，"看来你是真遇上什么难题了。"

贺昀迟哽了半天，拒绝正面回应大哥的调侃："我妈什么时候到？"

"很快吧，她前两天公司有事耽搁了，不过好像处理得差不多了。"任钧笑话他，"你这还不叫吞吞吐吐？都学会转移话题了。"

这间咖啡店的露天座设在二楼露台，已经深秋，晚间坐在外场的人并不多。

贺昀迟脸色微红地搅搅面前的栗子拿铁："我有事情想问你。"

"说吧。"

贺昀迟又停了很长时间，任钧险些以为弟弟已经挂断电话了。

但他耐心颇好，没出声催促。

许久，那头才传来声音不大的一句："如果……有一个人，个性好，也很会照顾人。"

"但好像对谁都——"贺昀迟用勺子戳着浮在咖啡上的奶油，又拿起叉子吃下一口招牌柠檬挞，含糊不清道，"都挺不错的。"

然而他早在心里默默评估过，很不想承认"因为帮别人的忙而退学"这件事情大大超过"不错"的概念范畴，语气不由得掺杂了几分说不清道不明的情绪。

任钧一口黑咖啡含在嘴里，咳嗽着咽下去，还没开口就先笑了几声。

贺昀迟扔掉小餐叉，金属和骨碟碰撞发出清脆好听的叮当声："笑什么？"

"没什么没什么。"任钧连忙顺了口气，笑着回答道，"这些话你不应该跟我说，应该跟人家说。"

贺昀迟踌躇一下，用一种虚心求教的语气问："怎么说？"

任钧强忍笑意说道："这又不是实验设计，哪来理想的参考模板？"

"你想要哪种结果，期待什么样的过程，自己好好想想。想清楚了，就如实告诉对方。"

这通电话没能彻底解决贺昀迟的问题。

手机屏幕重新回到微信的对话框，他盯着陈南一的头像，思考了片刻大哥刚才的话。

一阵夜风拂过，柠檬挞的酸甜味道飘散开。贺昀迟想起高中时代在南法埃兹度过的夏末，那个时候他十几岁，有点叛逆，不喜欢用职业规划之类的字眼来形容自己的人生愿景，偶尔会去想象以后从事什么样的工作，与谁度过一生。

他做过一个梦，一面大而透亮的玻璃橱窗，旁边摆着能让人消磨一整天时间的雕刻、木工、画作或别的什么东西。有一个人，整天同他坐在一起，在不远的地方做自己的事情。日暮时一起关上门，穿过安静的石巷，分享同一支冰激凌。他们追光一般爬上山，走进常去的露台餐厅，聊起很多个贺昀迟曾在这儿度过的暑假，有南法盛夏灼热的日光、深翠远山、海湾里常年漂浮如几尾银鱼的游艇和最喜欢的杧果柠檬挞。

到如今，很多期待改变了，也有一些没有变，仍在陆续实现。

贺昀迟低头看了一会儿那个柠檬挞上装饰用的薄荷叶，又回到通话界面，直接拨出一个电话。

那边的人接得很快，陈南一温和的声音传过来："贺昀迟？"

"嗯。"贺昀迟顿了顿，问道，"你现在方便吗？"

陈南一低下头，为难地看了一眼缠在自己身边的小孩，无奈地笑了笑："可能不太方便，你家阿姨出门了，拜托我照顾希希一会儿。"

"……"贺昀迟冷静了几分，"他又去烦你了？"

"希希挺乖的，我在做栗子蛋糕，给他喂了一块。"陈南一说着，轻轻笑起来，"他说你也喜欢吃栗子。"

贺昀迟："嗯。"

"你最近不在家吗？什么时间回来？"陈南一把剩下的蛋糕放进冰箱里，道，"下次可以让希希带一份给你。"

这句话说罢，电话那头静了一小段时间，随后，贺昀迟才说："很快，回家我去找你。我有话要和你说。"

或许是凑巧，贺希告诉陈南一贺母要来接他的日期，正好也是贺昀迟返回 A 市的那天。

起初陈南一没有想太多，后来才发觉，贺昀迟母子似乎有意无意地在避免过长时间的见面与相处。

"因为二哥没有大哥懂事，还没有我可爱！"贺希坐在沙发边缘晃着腿，冲小咪不住招手。

陈南一有些尴尬，才发现刚刚自己在走神。他抱起猫，放到贺希身边，又摸摸小孩的头，笑道："应该是你妈妈太忙了吧。"

"嗯！"贺希也不知听没听见，滚进沙发里趴着逗猫玩。

前后打了小半个月的交道，张阿姨已然非常信任陈南一这个好心邻居。她带贺希吃完早餐，直接把孩子交给了还没出门的陈南一，请他帮忙照顾一两个小时，说自己去医院看过贺希的外婆之后会和刚飞抵 A 市的贺母一起回来接人。

陈南一并没有等太久，贺母过来时，他正给好不容易静下来的贺希读绘本。

听到敲门声，陈南一深呼吸一下，动作不大流畅地开了门。

张阿姨陪在一位面容姣好的中年女性身边，冲他和善地笑笑："小陈，我们来接希希了。"

贺希托着绘本，从客厅噔噔跑过来，十分黏人地张开胳膊索抱。

贺母笑着抱起他，理了两下他额前有些乱的头发，嗔怪道："还跟以前一样调皮。在别人家里不可以乱跑，知道吗？"

贺希转过脸，露出一个大大的笑容："这个哥哥又不是别人。"

陈南一有些无所适从，简单一笑，朝身后让了让："要不您进来坐一会儿吧。"

贺母放下贺希，矜持地拨正了手提包上弄歪的丝巾，让张阿姨放了两盒东西到玄关立柜上，微笑道："我都听说了，这些天谢谢你照顾我们家希希。这几瓶贵腐和干白都是朋友送的，不值什么钱，给你们年轻人喝正合适。"

陈南一倒好水，推辞道："您不用这么客气，我只是顺便帮个忙。"

"一定要收。"她一边抚摸着小儿子的发顶，一边对陈南一说，"不单单是这几天照顾贺希，我们家那个大点的平常肯定也麻烦过你吧？"

贺希捧着陈南一给他准备的略小一号的水杯喝了小半杯水，兴高采烈地肯定母亲的话："嗯嗯！"

贺母的装束打扮非常商务，语气习惯性带有些许不容置疑的强势意味。

陈南一失笑，不再拒绝，只抿抿唇，道："没事，都是举手之劳。"

"我们家这两个，一个都不让人省心，成天要人照顾。"贺母点点贺希的鼻子道。

"成家了就好，小钧不就是？"张阿姨笑眯眯道，"小迟在这边总是一个人过肯定不行嘛，哪儿学得会照顾人？"

陈南一拿着水杯的手一僵，他略停了停，默默将杯沿贴在唇边抿了一下。

贺母像是觉得很有道理："嗯……小钧上个月和我提过的那个女孩子就很不错，年底也该让他们见一见了。"

"小陈呢？还没成家吧？"她说着侧过脸，耳坠上光芒温润的珍珠轻轻晃动着，语调亲和，"看起来没大我们家小迟几岁，都有家店啦！真是比他成熟多了，你父母有你这样的孩子一定很省心。"

陈南一勉强挤出一个笑："没有，您过奖了……贺昀迟也很好。"

贺母客套一笑，微微蹙眉，流露出一种陈南一常见的忧虑神情——他在自己父母的脸上看过无数次的表情——饱含着失望、担忧和无奈，不消再多说任何话就知道他们不会赞成孩子所做出的选择。

他没想到贺昀迟的母亲也会这样。

其实仔细一想，也不难理解。虽然贺昀迟一向少言寡语，个性独立，但听他说自己从小到大多数时间都是独居，应该也少不了同母亲关系紧张的原因。

贺母喝了一小会儿茶，扫了一眼钻石腕表的时间，起身道："不早了，我们就不打扰了。"

陈南一连忙站起来送她出门，等对面那扇公寓的大门徐徐关上，他才怅然若失地回到客厅，对着桌上的几只杯子发愣。

屋内长久的静默最终被手机发出的叮咚声打破，陈南一拿过手机一看，是两条来自贺昀迟的新消息。

"晚上会在店里吗？"

"我想去找你吃晚餐。"

从 C 市返校的车票时间不太好，贺昀迟走进 One Day 所在的那条小巷时，一些晚间营业时间短的咖啡店甚至都开始打烊了。

他折腾了一天，此刻才留意到陈南一罕见地没任何回复。但左右都到门口了，他倒不用再问，直接推门走了进去。

店员认出来人是陈南一的朋友，不等贺昀迟开口就热情地冲后厨传了一句话："南哥，你有朋友过来了。"

陈南一不疑有他，走过来预备招呼，望见是贺昀迟，脸上的表情略微复杂了一些："这么晚还过来？"

贺昀迟："因为说好要过来吃饭。"

陈南一很想反驳，自己并没有答应，实在谈不上"说好"。但见对方一副理直气壮的架势，又不好当着店员多谈，他只能顺着贺昀迟道："坐哪儿？吃什么？"

"南哥，现在就剩楼下的位子了。"店员插嘴道，"楼上都清场了。"

贺昀迟望着陈南一身后那扇木质格栅门后的庭院，并不明亮的星星灯疏疏落落地分布在绿植间，暖调的光冲淡了室外原有的冷意。他随手指着庭院的长桌道："就那儿吧。"

贺昀迟一个人在桌边坐了片刻，陈南一走过来，放下两道餐点和一杯热水："天有点冷，吃完早点回家吧。"

"我有话要和你说。"贺昀迟重复了一遍几天前在电话里说过的话，抬手轻轻挡了挡，示意陈南一坐下来。

陈南一与面前的人对视不多时，放弃挣扎，拉开他身旁那把铁质的灰色餐椅，坐了下来："说吧。"

贺昀迟静静凝视着眼前这双茶色的眼睛，好一会儿，别开脸，小声道："我妈说她今天见到你了。"

"嗯。"陈南一看贺昀迟一脸严肃，半天却只等到这句话，有些不明所以。他想了想，又往室内走："阿姨人很好，送了我几瓶不错的贵腐，你要尝一尝吗？"

他取出一瓶，倒了一杯推给贺昀迟："口感很甜，你应该会喜欢。"

贺昀迟转了一下酒杯，连喝了好几口。

在打完那个电话的几天时间里，他准备过很多次，像是在尝试给出一个任何阅卷老师都会给出满分的答卷。然而经验不足，作弊失败，真正面对需要作答的试卷，他一句话也写不出来。

"你喝这么快？"陈南一重新坐下，发现才转个身的工夫，那瓶酒已经没了小半瓶。他看了看贺昀迟："你平常不喝酒，这么喝伤胃。"

贺昀迟从善如流，放开酒杯，侧过头看他："嗯。"

陈南一皱眉，觉得今晚他太反常，试了一下他额头的温度："你怎么了？不舒服？"

贺昀迟此刻呼出的气息掺杂着些许贵腐酒微甜的味道，他抬手握住陈南一的手腕，顿了顿，冷静道："陈南一，你是不是对谁都这么关心，对谁都很好？"

这个问题问得莫名其妙，陈南一愣了愣，顾不上自己被他捏住的手腕："什么？"

"你跟宋亦杉是什么关系？"贺昀迟接着问。

陈南一被他不着逻辑的话弄得十分迷惑："宋亦杉？我和小杉能……"

贺昀迟盯着陈南一看了很久，轻声说："你从B大退学是因为她对不对？"

听到这句话，陈南一的表情骤然一变，他没有即刻回答，沉默良久，才缓缓道："你怎么知道我退学的事？"

"你为什么要为了她退学？"贺昀迟对他的反问置若罔闻，继续强调自己的问题。

陈南一紧紧抿着嘴，弄得两片唇都有些发红，却仍然避重就轻地说："退学是我自己的选择，这件事你——"

他话未说完，贺昀迟忽然凑过来，甜口酒特殊的馨香气味早已悄然在小小的一方天地间扩散，令人有片刻失神。

室内音箱换了一首新的歌，《芳草地》悠然的调子轻轻柔柔地传过来。

可能几十秒，可能几分钟，贺昀迟松开陈南一的手腕，表情仍然是平常那副冷肃的样子，但没有拉开距离。

"你甚至为了她退学。"他说，"你是习惯对人都那么好吗？还是……把谁都看得那么重要？"

陈南一花了小半分钟，才完全理解贺昀迟这句话的意思。

平心而论，贺昀迟的这番话说得实在不怎么样，与他的一副好皮相成反比，不够委婉，缺乏细腻，满载的只有一股不可名状的生猛。

今晚仍有饱含凉意的夜风，贺昀迟有些灼热的呼吸扫到陈南一的脸上。

他稍稍错开脸，微仰着头，看见在城市繁华夜景里的巨大广告屏。

临近赏枫季尾声，旅游公司的广告已经变成各种打折促销的优惠信息。从陈南一的角度只能看见广告屏一角，但他知道，仍然是上次看见的那些图景，枫叶、雪与温泉。

他记起那个夜晚，以及今早贺昀迟母亲的话，忽然觉得鼻子发酸，眼皮很重，情不自禁地闭了闭眼睛。

夜空晴朗，远方天际有一团如燃烧冷焰的星星。

陈南一再睁开眼时，心想贺昀迟也许是颗非常遥远、发着幽蓝光芒的恒星，看起来冷冰冰的毫无生气，伸手试探着去触摸，滚烫的温度却又容易伤人伤己。

回过神，陈南一朝后靠了靠，尽可能冷静地说："你喝多了。"

贺昀迟的声音柔软，否认意味的字句说得也很动听："我没有。"

他像是怕陈南一就这样走开，克制再三，还是伸手碰了碰对方的手背，小声强调道："我很清醒。"

"你回答我。"他说。

陈南一没办法，只能平视贺昀迟，考虑半天，开口道："退学的事情完全是我个人的选择，跟宋亦杉……不能说没关系，但也不能全归到她身上。

"原因……你也不要多问了。"

贺昀迟似乎放松下来。

陈南一好不容易平复了点情绪，又猛地一退，咳嗽几声，断断续续道："我对她只是照顾朋友而已。"

"嗯。"贺昀迟低低哼了一声，刚刚那种不高兴的表情被冲淡不少，但还是坚持不懈地盯着陈南一，眼里明明白白写着要他分清主次重点，好好回答自己最后的问题。

陈南一叹了口气，顿了一小会儿，道："贺昀迟，我们应该把什么看得很重要？"

贺昀迟皱眉半晌，似乎不明所以。

"我没有对谁都那么好。"陈南一心平气和道，"我只会做我认为正确的事或者是……"

陈南一默默按了一下贺昀迟那只抓着自己手腕的手，继续道："为了我觉得特别的人。"

说到这儿，他略一停顿，把已经涌到嘴边的"别再追问"之类的字眼压了下去，只是稍稍侧身避免和贺昀迟视线相接，道："你今天喝多了，就当这些话是酒后闲聊……我们以后还是朋友。"

陈南一逃也似的从庭院里回到室内，嘴唇眼角都发红，有几分狼狈意味。

他刚站定，林昂悄悄从吧台后探出头，吹了声口哨："南哥？"

陈南一表情镇定，实则心乱如麻，应也不应一声，走进吧台给自己倒了一杯冰水，一口气喝了小半杯。

林昂做出一副没眼看的表情："你怎么都不告诉我。"

"不是你想的那样。"陈南一又吞了一口冰水，有气无力道。

"啧。"林昂撇撇嘴，边嚼着枸杞干，边看热闹不嫌事大地指指吧台内的电脑，"要看吗？三个机位，一分多钟呢。"

陈南一扫了一眼监控显示屏，赶忙坐过去自己删掉了。

"我可不是故意看的。"林昂举手无辜地道，"谁叫你们吵得那么厉害。"

"……"陈南一感觉没法解释，转身整理起自己的外套，小声道，"我先回家整理行李了。"

林昂耸耸肩，放过他，不再纠缠这个话题："机票买好了？"

"嗯，过两天就走。"

陈南一之前和外地经营私房菜的朋友预约一起去上某家店傣味料理与烘焙的课程，近期就要开课了，这两天在店里忙得脚不着地也是因为要把一部分工作交给林昂处理。

现在去或许也正是时候——陈南一走出门前又回头看了看还在庭院里的人。

贺昀迟大概是被他一连串的话堵得接不上话，沉默地靠着桌沿，一言不发。

虽然酒量一般，但贺昀迟那晚并没有喝醉，后来头脑冷静了，又仔仔细细回想了一遍陈南一的话，却不知该如何反驳。

连着几天，他在实验室都心绪不宁，刷手机的频率是前所未有的高。

陈南一更新了好几条朋友圈，显示他人正在外地，似乎正在忙工作相关的事宜。

贺昀迟静下来思考时，认为陈南一对自己很不公平。

他就像考试前几天贸然加入的学生，准备不足，分数低，但不应该被老师以此为借口拒绝青睐。

贺昀迟偶尔会给陈南一发两条消息，也收到过一些口吻不冷不热的回复，知道了他这次出门时长不短，可能圣诞节后才会返回。

按照以往的习惯，元旦前后贺昀迟会去美国一趟，和家人一起度几天的假。但这次他有些别的打算，猜测耗费的时间会比以往更长一些，犹豫着要不要提前向导师请假。

然而他请假的想法还没说出口，另一件事就已经在课题组内引起了轩然大波。

与贺昀迟导师关系很不错的秦教授，突然成了整栋实验楼的热门话题人物。

原因是校方刚刚发布一则公告，指明秦教授因学术不端而从学校离职。

公告的内容表述得非常隐晦，简要带过接到匿名举报和调查的经过，直接给出了处理结果。

秦教授与贺昀迟导师关系很好，因此两个课题组的学生大多彼此认识。贺昀迟这几天听到诸多抱怨，导师突然离职，楼上课题组的好几个学生正在进行的实验不得不停了下来。

联系起一个多月以来消失于校内的何莹，流言对于是谁举报的教授有各种暗示。

庄泽森听到之后直摇头："惨还是学生惨。问题这事儿归根到底是秦教授的错啊，怎么有人还说起何莹姐来了？"

"嗐，还不是怕自己延毕。"旁边的同学插了一嘴，"难怪最近何莹姐都不露面，大概是怕被楼上那几个人针对吧。"

"是啊，听说都是隔壁院那个宋亦杉在帮她跑手续。"有人唏嘘道。

"喂喂，先讲个正事儿，小鼠饲料到了，该谁去搬来着？"

坐在电脑前的贺昀迟放下手里的记录表格，起身道："我。"

"行，你一个人能搬哈？"

"嗯。"

天气已经很冷，实验楼内比外界暖和得多。除了路人和送货的车辆，很少见人顶着风在外面活动。

贺昀迟走出实验楼，意外撞见宋亦杉站在台阶上。女孩因为寒冷而不住跺脚，时不时拿出手机看。

贺昀迟本打算直接走向那辆等着自己的小货车，但下了两级台阶，还是面无表情地转过头说："宋亦杉？"

宋亦杉这才注意到他："啊，贺昀迟。"

贺昀迟指指楼内，说："你等人可以进去等，我帮你刷门禁。"

宋亦杉看着他，似乎没想到没太多交集的贺昀迟会主动示好。她迟疑片刻，把手机收回大衣口袋里，道："我没关系。不过你能帮我一个忙吗？"

"什么？"

"我来替何莹姐取她留在实验室里的东西。"宋亦杉说，"但约好替我开门禁的人临时有事……"

贺昀迟稍做思索，迅速就明白了是怎么回事。他打量面前的女孩两下，点头道："东西整理好了吗？"

宋亦杉："应该吧。何莹姐说就在桌面上，可以直接拿。"

"我知道了。"贺昀迟说。

⑦
唇彩

实验楼内的门禁卡得较严，好几个楼层都有独立门禁。贺昀迟不能带人进去，只能自己找人帮忙进何莹所在的课题组。

搬完饲料之后，贺昀迟给楼上课题组认识的人发了条微信，请他替自己刷了楼层卡。

楼上实验室里还有几个学生，见贺昀迟进来，纷纷像往常一样打招呼："来啦？有事？"

贺昀迟指指何莹的位子，语气平淡地说："来替人取点东西。"

室内立刻静了，几个学生都盯着贺昀迟看。他仿佛毫无察觉，径直过去，将桌面上的东西有序收进一个桌下的小纸箱中。

眼见贺昀迟快收完，终于有人忍不住开腔："何莹过来了？干吗不自己来拿？"话说得不平和，听起来多少叫人感觉不太舒服。

贺昀迟并不是完全不能理解他们在研二、研三的关头导师出现问题的复杂心情，但同时也认为，庄泽森的话没有任何问题。

无论怎样，当下的局面都不该说是何莹的错。

"她没来。"贺昀迟抱起纸箱，瞥了对方一眼，语调放沉些许，"我想她不来也很合理。"

说罢，他不再看几人的脸色，拿着东西离开实验室，下楼交给了宋亦杉。

"你看一看有没有少什么。"

宋亦杉呼出两口白雾，简单翻了一遍，确认重要的东西都在。她抬起头，冲面前的人感激地笑笑："谢谢你。"

"没事。"贺昀迟送她走出实验楼，"何莹姐怎么样？"

"她……还好。"宋亦杉说。她今天穿了一件剪裁得宜的黑色羊绒大衣，踩着深棕色的小羊皮靴，大衣上侧一颗琥珀色的扣子随着她的动作晃了晃，好像要松脱。

贺昀迟知道这只是礼貌性的说辞，并觉得连宋亦杉看起来也不太好。虽然涂了颜色艳丽的唇彩，但那张嘴唇在初冬的寒风中微微张合，仿佛某个阴冷清晨未及开放即凋谢的花朵[1]。

他想,多管闲事不差一件两件,便补充道:"如果还需要帮忙的话,可以直接找我。"

宋亦杉眨了眨眼睛,忽然笑了,笑得不似刚刚说话时那样勉强:"好,谢谢你。"她抱着纸箱,朝台阶歪了一下头,"我先走了。"

"嗯。"贺昀迟看女孩纤瘦的背影消失在右侧的学院路口,转而给庄泽森打了一个电话:"你不是有宋亦杉的微信吗?"

"有啊,怎么啦?"庄泽森说。

"推给我,我加她有事。"

"噢噢,行。"庄泽森边打开微信边嚷嚷道,"贺昀迟你是不是在楼下呢?"

"嗯。"

"嘿嘿,那帮我带杯柚子茶上来吧,就右边草坪下去一点那家咖啡店的。"

贺昀迟答应了。他挂了电话,点开微信,向宋亦杉发送了好友申请,才把手机收回口袋,裹紧外套朝那家咖啡店走去。

下午两三点,咖啡店刚走了一拨赶去上课的学生,人不太多。

贺昀迟点好两杯柚子茶的外带单,打算随便找个地方坐着等。他穿过收银台附近几个坐满人的位置,走进一条不太宽敞、沿窗整齐排布着一列枫木桌椅的走廊。

尽头的两三张桌子附近没有人,贺昀迟一眼便望见坐在玻璃窗边的宋亦杉和她对面的男人,那个男人看起来有些眼熟——是秦教授的一个学生。

宋亦杉的表情与方才交谈时的大相径庭,嘴角很浅的笑也带有一丝锋利的讽刺意味。

贺昀迟直觉他们的对话不太愉快,便在附近坐下来,静静观察着那边的情况。

"毕竟秦老师都已经离职了,闹下去对她自己又没好处,你们就不要再去接收文章的期刊那边……"

"你的意思是这件事他离职就够了?把学生的研究成果据为己有,做出这种小偷行径他都不用道歉吗?"宋亦杉反讽道。

"不是,你……"对方放软了点语气,说,"帮导师干点活很正常吧,什么小偷不小偷的,研究方向都是秦老师定的,本来就——再说哪个无辜的学生像她这样一直讨价还价的?"

"你现在是又怪起何莹姐不对了?"宋亦杉把捏在手里的餐巾纸摔到桌上,"研

---

1 该段最后一句化用自苏联作家康·帕乌斯托夫斯基创作的散文集《金蔷薇》。

究方向是老师定的,论文是她自己写的啊,就因为是老师定的研究方向就要把文章白送出去吗?!"

"而且要不要接受赔偿、接受什么样的赔偿只有受害人能决定,你又有什么资格干预啊?"她的胸口剧烈起伏,狠狠瞪着对面的人。

"宋亦杉你讲话能不能不要这么咄咄逼人?"男人说,"秦老师已经表示愿意私下赔偿了,你们非得给他扣上学术不端的帽子,让他名誉扫地啊?"

"是我们让他名誉扫地吗?!"宋亦杉挺直脊背,"愿意私下赔偿又怎么样?偷别人的文章作为自己的研究成果发表,被揭穿、被撤稿难道不是应该的吗?"

"你……"男人被她干脆利落几句话噎住,怒火中烧,语气尖酸了不少,"你挺懂的嘛,毕竟你就是这么闹的,要不怎么从B大保研过来。"

贺昀迟看见宋亦杉的表情短暂地僵硬了,嘴唇颤抖如倏忽落下的花瓣,脸上失去神采。但那也仅仅是一瞬,很快,她微侧着脸,冷笑道:"难不成你不光是秦老师的学生,还是邵教授的学生?这么真情实感,你挑导师的眼光也挺独特的啊。"

吧台已经叫了好几遍贺昀迟的单号,他不得不先起身到吧台取饮品。他再过去时,那个男人已经不见了,应该是和宋亦杉闹得不欢而散。

宋亦杉一直望向窗外,时不时咬着下唇,嘴上的唇彩几乎要掉干净了,显得妆容残缺了一角。她没有哭,但总让人有种即将落泪的错觉。

贺昀迟拉开她对面的木椅坐下,将自己的那杯柚子茶推过去,道:"请你喝。"

女孩吓了一跳,回过神,怔怔看着贺昀迟:"你……怎么在这儿?"

"帮朋友买东西。"贺昀迟点点手边纸杯的杯盖,道,"你那杯是我自己买的。"

宋亦杉看了他一会儿,抱着热热的柚子茶说:"谢谢。"

他们静静对坐许久,贺昀迟道:"刚才那个人是秦老师的学生吧?"

宋亦杉抬头,转了转眼珠,声音不大地说:"你听到了?"

她表情倔强,掩盖了一丝不太想提及过往的难堪。贺昀迟看着,突然有些不想继续这个话题,正要开口时,又听见她主动道:"他还算说得直白点的,学校里的有些人,来来去去说得倒好听,其实也是一样的意思。"

贺昀迟问:"学校很多人找你和何莹姐说这些?"

"何莹姐的姐姐过来了,在陪她做心理治疗。"宋亦杉道,"我一直陪着她,所以秦老师和学校里的一些人总找我。"

"你……"贺昀迟找了温和些的措辞,"你自己没被为难吧?"

"还好。"宋亦杉坦然一笑,"我的导师劝过我一次就没有再说什么了。"她像是被这句话勾起什么回忆,说,"比起帮过我的师兄,我还算挺幸运的。"

贺昀迟闻言确信之前听到的那些关于她保研的话存在不少误会,皱眉道:"其实,就保研的事,你可以和别人解释,不然总会有人误会你保到我们学校来是……有问题的。"

宋亦杉明白他的关心,咯咯笑了,喝了一大口柚子茶,说道:"我解释过啊,可最终传到你耳朵里的不还是那些误会的话吗?所以后来我也懒得再去解释了。"

贺昀迟一时语塞,愣愣地看着她。

"你听到过对吧?"宋亦杉按着纸杯的手微微用力,指节发白,"我大三下学期的时候遇到过跟何莹姐这次的遭遇差不多的事,甚至还被人污蔑是我偷了老师的研究数据,幸好我有个师兄愿意替我做证。是,虽然我的成绩在本专业一直很靠前,但那时还没进行期末考,没法确定最终的保研名单。但我接受了院里的保研安排,没有继续举报。"

"不过 A 大保研夏令营的优秀营员我是靠自己拿到的。"她故作轻松地摆了摆手说,"前一两年的时候我经常想,就算保研又怎么样呢……就像现在的何莹姐,让她转博甚至公派,也不能消除这件事的影响啊。做学术需要保持纯粹和真实……可是这点最基本的信仰,却被自己跟随的导师亲手毁掉了。"

宋亦杉转过脸,对贺昀迟轻轻微笑:"不过,我师兄说得也对——

"什么都会过去的,都会过去的。"

他们最后从咖啡店出来时,贺昀迟原本买的那杯柚子茶已经完全冷掉,他不得不买了杯新的。

宋亦杉与他一起走到学院路的尽头,约好改天一起帮何莹从宿舍搬东西到现在租住的房子去。

道别时,贺昀迟稍做犹豫,又叫住她,几乎肯定地问:"你说的那个师兄,是陈南一对吧?"

陈南一这天下午接到宋亦杉打来的一个电话,聊了不短的时间。

通话结束后,他独自在民宿房间里发了一会儿呆,随后下楼做了一个黑森林蛋糕,切分给工作室的几个人。而自己端了一碟,倚着露台栏杆慢慢吃。

这家工作室不远处是当地很有名的花市。傍晚时分,陆续有人拿着大捧大捧的花离开,四散奔向自己想要送花的人。

微苦的巧克力在舌尖化开，他看着夕阳，拿出手机，给贺昀迟拨了过去。

贺昀迟好像很忙，接起电话的时候那头有些吵闹，隔了小半分钟才安静下来："陈南一？"

"是我。"陈南一叉起一块蛋糕，边吃边含混地说，"小杉把今天的事都告诉我了。"

贺昀迟那边静了片刻："嗯。"

"我这阵子不在，她都没和我提过这些事……总之，谢谢你帮她……"陈南一说。

"没——"贺昀迟一句"没什么"已经到了嘴边，但完全出口前话锋一转，"怎么谢？"

"……"陈南一没想到他这么打蛇随棍上，顿觉有些头痛，半晌才妥协道，"那请你去店里吃饭吧。"

然而贺昀迟对他施恩望报："太远了，不想去。"

"就家里吧。"

"不要胡说。"陈南一笑道，"你不是在学校？哪里远了。"

"就是很远。"贺昀迟夹着手机，拎着电脑和一堆文件走下楼，脸不红心不跳道。他的声音一贯沉稳有力，自带一股逻辑周密的味道，蛮横不讲道理的话也说得非常认真。

陈南一用手轻轻按着露台边缘的铁质栏杆，语气里混杂着揶揄意味："噢，那以后都不要去了。"

贺昀迟噎了一下，好一会儿，声音不大地控诉道："你自己刚才说要谢我。"他又像是猜到陈南一下一句要说什么，很快补充道，"快年底了实验安排很多，我前两天都没空回家。"

他在那头闷闷地说："就在家里吃不行吗？"

陈南一觉得贺昀迟和贺希不愧是一家人，明明是自己任性，得不到满足就要弄得像是别人不对。

"好吧。"陈南一拿着餐叉戳了蛋糕好几下，最终还是硬不下心拒绝，"等我回家再说吧。"

"你什么时候回来？"贺昀迟大有一副穷追猛打的架势。

"看情况，可能这几天会临时回去一趟处理点事情，然后就要再来学到元旦之后了。"陈南一说，"新年 One Day 打算换一遍菜单，所以有很多东西要准备。"

"这几天？"贺昀迟跟着重复了一遍。

陈南一束手无策，连续转移话题失败，只好照实道："这周六。"

"好。"贺昀迟满意了，"周六见。"

跨年前后的机票照例要涨价，贺昀迟的请假申请得到了导师的批准，他便提前下单了十二月底飞往旧金山的机票。他和宋亦杉最近交集很多，关系近了不少，甚至一起陪治疗告一段落的何莹吃过一顿饭。

周六下午，宋亦杉给贺昀迟打了一个电话，说是何莹的姐姐送了他们一些老家的特产作为感谢，问贺昀迟什么时间方便拿。

贺昀迟回道："我就在综合实验楼附近的协同创新中心，你直接过来？"

"好啊。"宋亦杉对那一带也很熟悉，"等我十分钟。"

贺昀迟今天的实验每隔一到两个小时就得观察记录，还剩最后一两组才能结束。他扫了一眼进度，匆匆下楼找到等在门口的宋亦杉取了特产，打算再去旁边的便利店买杯咖啡就回实验室。

"哎哎你急什么？等等我，我还有事要问你呢。"宋亦杉见他拿了东西就脚步飞快地朝马路对面走，赶紧喊了一声。

"我赶着做实验。"

"很快啦。"宋亦杉从他背后追上来，眨眨眼，语出惊人道，"就一件事，听说你和南哥吵架了？真的假的啊？！"

贺昀迟立刻停住脚步，侧过脸看她："陈南一跟你这么说的？"

"没有啊，是林昂。"宋亦杉拖长声调，笑眯眯地道，"我昨天去吃饭他跟我聊的八卦啦。"

贺昀迟继续往前走，步调放慢了一些，淡淡道："没吵架。"

"什么没有？"宋亦杉扶着自己被冷风吹得有些歪的贝雷帽，"我可是有林昂这个实况转播解说员的喔。"

"不算是吵架。"贺昀迟坚持道。

"哦……所以还是吵了吗？"宋亦杉毫不留情地戳破他。

贺昀迟瞥了她一眼，把脸转回正前方不接话了。

"做什么又摆脸色呀？讲一讲嘛，我可以帮你出主意啊。"宋亦杉挑挑眉，"南哥脾气那么好，我还以为他完全不会跟人置气呢。毕竟除了我和林昂之外，南哥也没有几个年纪小的朋友，他一直很让着我们的……说起来认识这么久了，这还是我第一次听说他——"

两人走进便利店，贺昀迟从货架上挑了一罐常喝的咖啡，语气像是漫不经心，内容倒是精准地抓住了重点："他的朋友都比他大很多？"

"差不多。"宋亦杉也拿了一罐，跟在他身后排队付款，"以前嘛，关系最好的一个叫邵越，是邵教……就是南哥的导师的儿子。"

"邵越比南哥大几岁，做金融的，蛮厉害的。"宋亦杉故意撞他的肩，"长得嘛……是没你好看啦，不过也不差。"

贺昀迟默默回过头，看了看她，把那罐咖啡从对方手里抽出来递给店员，和自己的一起结算："楼上坐？"

宋亦杉被他这副想知道得不得了却硬要忍住不开口问的样子逗得直笑："你实验不着急啦？"

贺昀迟抬手给她看了一下表，冷静地道："二十四分钟。"

陈南一从机场回到自己家里时，最后一点晚霞刚刚没进夜色之中。

小半个月没住过人的屋子落了一层很薄的灰尘，他打开音箱，听着音乐简单清扫了一遍房间，接着洗过澡，蜷在沙发一角，靠着抱枕点外卖。

还没下单，门铃先响了，陈南一愣了一下，拖着疲乏透顶的身体爬起来开门。

贺昀迟拎着两个纸袋，带着些许寒意站在门口。

陈南一有点心虚："今天太晚了，我也没买食材……明天再请你吃饭吧。"

贺昀迟略略一抬下巴："不晚。我买好晚餐了。"他盯着陈南一，仿佛知道陈南一总有很多借口等着自己，索性直白道，"不用你请我吃饭，陪我吃就行。"

陈南一看见他的手往前递了一下，似乎要把食物交给自己。但那两片薄薄的嘴唇抿得很紧，眼睛眨了好几下，表现出一种与他彬彬有礼的外在完全不符的意图。

两人对望了小半分钟，陈南一毫无办法，让步道："进来吧。"

贺昀迟换好鞋，将食物放到料理台上依次打开，是之前陈南一吃过几次的那家老粥铺的点心和粥。

"你怎么知道我回家了？"陈南一问。

"今天从你那儿回A市的班机只有下午这一趟。"贺昀迟说着，把餐具递给他。

贺昀迟说得很平淡，没有卖弄和强调的意味，好像只是因为非常想知道陈南一什么时间回来，自然而然地去搜索了航班，推算他到家的时间，并调整了实验安排，去买好了两人份的晚餐。

陈南一认为贺昀迟格外擅长用"理所当然"这一样技巧来打动人,如同窗外缓缓降落、完全笼罩一切的暮色。

陈南一不太想谈两人之间的问题,随口问:"小杉最近怎么样?那件事处理好了?"

"嗯。"贺昀迟说,"她很好,我们今天下午刚聊过天。"

"你们这么熟了?"陈南一转过头,"都聊什么?"

贺昀迟平视他许久,说:"过去你在学校的时候的事。"

陈南一判断不出贺昀迟是否要开启一个自己并不想聊的话题,索性没有接话,捏着勺子慢慢吃面前的那份东西。

但贺昀迟仍旧很坚持,自顾自地道:"宋亦杉说了很多。"

陈南一舀粥的手停了一下,抬起头看他。而贺昀迟正眉心微皱,努力思考,大概是在琢磨能够避开不愉快经历的措辞。

"她给我看了你的几篇论文。"贺昀迟半天才道,"很有意思。"

陈南一忍了忍,还是扬起嘴角,主动将面前的一碟点心推过去,道:"你又不是食院的。"隔行如隔山,贺昀迟确实没有资格对陈南一的论文发表学术评价,不由得嘴角一垮,露出有些憋屈的表情。

陈南一支着下巴,含笑望着坐在对面的人,不多时,慢慢开口道:"贺昀迟,你是不是还想问我退学的事啊?"

贺昀迟毫不犹豫,抬眼默默盯着他,表露出非常肯定的神色。

陈南一喝完碗底剩下的一口粥,站起来,背对着餐桌那边的男人,从橱柜里取了一包全新的咖啡豆,磨好粉,放进摩卡壶煮。

"其实……"陈南一靠着料理台边缘,时不时留意着摩卡壶,"没有什么很复杂的内情,小杉和你是怎么说的?"

他的声音带有一种刚刚吃饱东西的倦怠和放松。

贺昀迟跟着走过来,跟他保持不到半米的距离:"她说是因为你替她做证。"

陈南一微微讶异了一下:"她和你提过邵教授的事?"

"是。"贺昀迟点头,想了想,又很快补充道,"但我不会再和任何人提。"

陈南一浅浅一笑,垂着头道:"嗯。"

"我和小杉说过很多次了,替她做证不是我退学的主要原因。院里当时找我谈过话,但没有人逼我退学。"陈南一语气十分平静,"我确实是自愿的。"

贺昀迟靠近了一些,贴到他身边,共享着头顶一盏灯的暖黄光束,静静凝视他的侧脸。

"我只是很失望。"陈南一叹了口气,"我大三就跟过邵教授的实验,一直很尊敬他。可能因为我父亲也是大学教授,我对他抱有很多……各种层面上对老师、长辈的尊崇和期待。"

"事情发生之后,他和邵越……都找过我,向我许诺了很多东西。"陈南一苦笑道,"就算到今天我也不明白,他们为什么宁肯来找我承诺那些东西,也不肯向宋亦杉道歉?"

贺昀迟沉默数秒后道:"为了名声?"

"嗯。"陈南一关了火,温好两只骨瓷杯,倒了一杯咖啡递给贺昀迟。

"宋亦杉是个很坚强的女孩子,但说到底,当时她也只是一个大三的学生。每天都有人无休止地在她面前议论,甚至还有人造谣说是她为了保研加分,偷老师和其他同学的研究数据发表文章。"陈南一咽下一口苦涩的咖啡,右手紧紧撑着身后冰凉的大理石台沿,艰难地道,"我很想帮她,但我什么都……"

贺昀迟伸出手,默默覆在陈南一那只已经按得指尖冰凉的手上:"你当时也只是学生。"

陈南一没有挣开,微侧过脸,冲他有些惨淡地笑了笑:"最后她情绪崩溃,只能同意了学校给出的安抚方案,也不再坚持举报了。

"很长一段时间里,她都非常难过,不止一遍地问我,她就这样放弃是不是错误的?

"后来她又接受了心理疏导,断断续续服过一些药,才逐渐好转。"

贺昀迟的掌心带着咖啡杯的余温,却始终没法暖热陈南一的右手。贺昀迟放下杯子,握住那只手,低声说:"你呢?"

"那个时候……你也被为难了,有人不让你做证,对吧?"

"还好。"陈南一大概知道他说的是谁,顿了顿,垂下眼睛,"和真正被伤害的人比起来,不算什么。"

贺昀迟只感觉他握着的那只手更加冰凉,脸色顿时变得不太好看,将手握得更紧了一点。

下午宋亦杉说过的许多话在他脑内打转,按捺了好一阵,贺昀迟才声音不大地说:"你不要维护那个人。"

陈南一怔了怔,微仰起脸看向面前的人。

还没等他反应过来,贺昀迟就接着道:"用绝交逼你不要做证也算还好?"

陈南一头痛："宋亦杉怎么把这些也告诉你了……？"

贺昀迟负起责倒是很爽快："是我要问。"

陈南一有些尴尬，下意识地想抬手抹掉唇角沾着的咖啡。他逐渐回温的手在贺昀迟那只干燥温暖的手掌中动了动，挣出来，按着眉心道："反正也是过去的事了。"

他本想走开，离贺昀迟远一些好让自己冷静一点。但贺昀迟不给他这个机会，更近了一步，轻松把陈南一扣在料理台边缘。

贺昀迟的眼镜镜片上微光一闪，他用刚刚那种语调说："那我能问吗？"

他紧盯着陈南一，整张脸似乎被近处明亮的灯光浸得五官深刻，线条柔和，几乎不再有距离感。

陈南一清楚贺昀迟的询问只是聊表礼貌，实际不管自己答不答应，都是要追问的。

"就是你听到的那样。"陈南一和他僵持一小会儿，别开脸道，"因为邵教授的事，我们吵了几次。"

"后来我回学校办退学手续，关系自然而然就淡了。"陈南一一笔带过，轻推了贺昀迟一下，淡淡道，"退学的时候必须通知父母，这事算是闹得挺大的。"

他用的力道不大，没能顺利推开面前的男人。

陈南一望着贺昀迟，低下头，声音沉沉地说："从那时到现在，我就见过我妈两三次。我爸是个很传统的人，认为念书是第一位的，无论我怎么解释他都不能接受，甚至说，如果我'死性不改'，就永远不要再回家。"

说罢，室内安静了一小段时间，陈南一又硬推了推面前的人，轻声说："贺昀迟，别闹了。"

"陈南一。"贺昀迟抓住他的手腕，板着脸说，"我没闹。"

他像往常做严肃的理论分析时那样推了一下眼镜，颇有条理地说："你上次讲的话，我一直都在想。

"你今天讲的，我也会记住。"

陈南一感觉仿佛回到了那个在庭院里陪对方吃晚餐的夜晚。

这一次没有酒精，他闻到的是一股很淡的、属于日晒瑰夏的咖啡味道。

可贺昀迟的脸颊与那时一样，有一层薄而少见的红，呼吸饱含热意。

陈南一听见男人带着点紧张地说："那你能不能告诉我，当初退学是你在做你认为正确的事，还是因为你心里特别的人？"

08

还有鲁莽的
热情

陈南一回到A市只度过了短暂的两天。安排好店内的事情之后，他再次前往外地。

这回贺昀迟变成了一个十分礼貌又懂得关心人的朋友，每天雷打不动的两次来电，短短问候和交谈之外却并不多打扰。

两个人都默契地不再提起周六晚上在陈南一家里发生过的对话。

A市是沿海城市，十二月底也没有冷得过分夸张。常青树种枝头仍然有半新不旧的绿，天空偶尔灰上一阵，很快又有阳光从云层后徐徐散出来。

贺昀迟拎着一个小行李箱走出小区，招手拦了一辆出租车去机场。

车辆汇入城市主干道，移动的速度变得尤为缓慢，他在用手机看文献的间隙抬头望了车窗外一眼，发觉正好路过那家木艺工坊。

贺昀迟违背科学精神，非常唯心主义地将"木艺工坊""德彪西"等完全不相干的名词与陈南一绑定，赋予它们一种特殊的精神联结。

车内寂静，贺昀迟等待通话时无聊地默数着。

他拨电话前没有想好说什么，只是纯粹许了一个愿，闭上眼睛像准备吹蜡烛一样数了一、二、三秒钟，电话就接通了，愿望顺利实现。

陈南一温和地在那头说："贺昀迟？"

"嗯。"贺昀迟的目光还落在窗外那家木艺工坊高大的灯牌上，"我在去机场的路上。"

"噢，你是差不多该出发了。"陈南一擦干净手，从工作室的厨房出来，一边放下自己高高挽起的袖子，一边道，"什么时间到美国？"

"落地时间是中午。"贺昀迟答完，顿了顿，再次强调道，"我下周三就回来。"

陈南一的声音听起来有些远："你昨天晚上讲过好几遍了。"

他当然知道贺昀迟反反复复提这件事是为什么，暗自笑了一会儿，拿起手机道："我下周一回家，刚刚买的机票。"

贺昀迟的视线立刻收了回来，盯着前方后视镜里自己微微上扬的嘴角，声音仍旧很平淡地说:"知道了。"

陈南一拎起一壶水,准备到工作室后院打理绿植,声音轻快而愉悦地叮嘱他:"路上小心,到家再联系。"

算起来,贺昀迟飞抵旧金山的时间应该刚好是跨年前两天。落地那天傍晚他给陈南一打了一个像往常一样的电话,之后就再没有来电。

起初陈南一不太在意,以为是贺昀迟刚回到家人身边太忙碌的原因。等到跨年夜晚,他忙完店里的一个主题餐会,才忽然感觉少了些什么。

已经接近晚上九点,跨年夜大概也不会有什么客人。餐会一结束,店员就开始直接做打扫了。

陈南一坐在一楼靠近门的那张小长桌边,拨弄着那瓶法式花瓮的花朵,算了算时差,考虑要不要等一会儿主动给贺昀迟拨电话过去。

"南哥,都整理好了,我走啦。"店员在吧台的后窗附近晾好两块抹布,洗着手说。

"OK,早点回去,注意安全。"陈南一冲她笑了笑。

"你还不回去吗?"女孩穿上大衣,拎起背包,靠在门边问他。

"我等一会儿。"陈南一正在翻有没有漏掉的短信,头也不抬地道,"你先走吧。"

"好的——哎,先生,我们这里打烊了。"门口突然进来了一个人,女孩被对方轻轻拍了一下肩膀,回过头,见人要继续往店内走,便下意识叫了一声。

陈南一的心跳猛地变快了,他抬起头,望向即将从那架木质隔断后走过来的人:"贺……"

来人穿着一套精心熨烫过的浅灰色三扣西装,手上搭着刚刚脱下的外套与一条围巾。

陈南一先扫见了那条熟悉的浅色围巾,虽未看见对方的脸,表情却冷了下去。

"我不是客人。"邵越对女孩露出一个标准化的亲和笑容,"我来找朋友。"

陈南一握着手机坐在原位,脸色并不好看地盯着来人。

店员有些疑惑地探头瞟了一眼,见陈南一并未出声,也就冲对方礼貌地笑笑,带上门离开了。

店内一时格外安静,只有远处大朵大朵的烟火升起的砰砰声。

陈南一站起来,朝门外指了指,道:"抱歉,已经打烊了。"

"南一,别这样。"邵越叹了口气,无奈一笑,拉开他面前的椅子坐下,"我又不是客人。"

"更不是朋友。"陈南一说，"我要回家了，麻烦不要耽误我关店。"

"你最近怎么样？"邵越并不是很介意他冷淡的态度，拿起桌上的茶壶给自己倒了一杯热红茶。

陈南一没有再坐下，和不速之客僵持一会儿，说道："我很好。"他又向门口做了一个手势，说，"跨年夜不用和我在这儿浪费时间，回去吧。"

"南一，你……"邵越按着额头叹了口气，放软声音道，"我今天来是想找你好好聊聊，几个月前那次见面，有些话我说得太——"

"没有这个必要。"陈南一单手按着餐椅的椅背，说道，"邵越，小杉的事情，你有你的立场，我不评价。我们做不成朋友，是个性不合，我也没什么可说的。"

"我们本来还可以是朋友。"陈南一又淡淡道，"但你要我去帮你——难道你指望我和你一起诬蔑一个无辜的女孩子吗？"

室内陷入了沉默。

墙上的壁钟整点报时，很有节奏地敲了十下。

邵越端起面前的红茶喝了两口，不带一丝窘迫，慢条斯理地说："我不去求你，我们就还能做朋友吗？"

"你——"

陈南一平白冒出一股火，正要反驳，又听见门口传来动静，像是有人重重踢了什么东西一下，不由得被吸引了注意。

他循声望去，那扇虚掩着的门不知何时已经打开了，那人正走过来，带着一阵行李箱的滚轮碾压在地上的规律声响。

贺昀迟穿得单薄，看起来有些憔悴和狼狈。可能因为在冬夜的冷风里浸了一会儿，他本来就偏白的皮肤看起来几乎有些病态的苍白，显得嘴唇异常红。

陈南一见是他，整个人愣住了，怔怔望向贺昀迟的方向。

贺昀迟与他短短对视几秒，拎着行李箱走过来，站到他的身边，慢吞吞地道："陈南一，你怎么还不回家？"

"我们还有事要谈。"邵越气定神闲地插话道，"南一，这是……你认识的新朋友吗？"

贺昀迟看了陈南一一会儿，又偏过头打量对面的人，嘴里继续说："陈南一，你家里还有吃的吗？"

"我刚下飞机，没吃东西。"

陈南一感觉有几分头大，伸手轻轻推了身侧的人一把，小声说："你去三楼工作间等我。"

贺昀迟把脸转回来，似乎瞪了他一下。

"上面有今天烤的饼干，你不是饿了吗？"陈南一头都疼了，好声好气道，"要回家了我上去叫你。"

室内温度宜人，短短几句话的工夫，贺昀迟身上沾染的一点冷气就散干净了。他的手背无意间擦过陈南一的手背皮肤时，甚至传来一股热意。

陈南一低声下气的几句话起了作用。

贺昀迟转了转眼珠，手上轻松一晃，行李箱的万向轮便在地板上发出转动的摩擦声。他有些矜贵地扫了对面斜坐的男人一眼，推了推眼镜，动作很慢地踏上了楼梯。

三楼工作间的木门打开着，贴着墙的那张黑胡桃木桌上亮着一盏小灯。

贺昀迟把行李箱靠在墙边，又忍不住往门外挪了几步，听见两人的交谈声隐隐约约从楼下传来。

他将手搭在三楼楼梯的扶手边缘，侧耳听了片刻，觉得不大清晰，正认真思考要不要再下一层楼时，口袋里的手机却拼命响了好几声。

贺昀迟瞟了一眼，是祁明的电话，便后撤几步，躲回工作间里滑开接听。

"贺昀迟！"祁明上来就是一声音量不低的夸张叫喊，"疯了吧你？！你跟阿姨闹什么呢？你现在在哪儿？"

贺昀迟皱眉："我妈找到你那儿去了？"

"不是你妈，是你哥。"祁明点点烟灰，抽了一口烟道，"给我闹的，大中午的饭都没吃好。你哥说前天你在家跟你妈大吵了一架，然后就不见了。给你打电话也没人接，就来问我是不是我收留你了——幸亏你接电话了，待会儿我给他们回个话，否则你哥大概就要报失踪了。"

"刚出门的时候手机没电。"贺昀迟说，"后来我上飞机了。"

"你回国了？"祁明警惕地道，"上次我回家就说你哪儿哪儿都不对劲，你老实交代——"

"祁明。"贺昀迟出声打断。

"……"祁明清楚好友没说出口的意思，顿感如鲠在喉，好一会儿才道，"哥们儿，我是替你着想。"

"你哥刚才说，你妈把给你开的两张副卡全停了。"祁明继续劝他，"还改了你那套房子的密码，还不让你哥管这事……我都弄糊涂了，你到底在折腾什么啊？也不用跟你妈闹成这样吧。"

贺昀迟沉默半响，开口道："我知道我妈会这么做。"

他的声音平静又坚决："我不会妥协。"

"你……"祁明无语，压下骂人的念头，"算了，我懒得管你。对了，你哥说你要是回国了，就去酒店住两天，先等你妈气消了再说。"

"嗯。"

"等等。"眼见那边要结束通话，祁明叫住他，蚊子哼哼般道，"卡都停了有钱吗你？"

贺昀迟淡淡一笑："谢了，暂时不用你接济。"

毕竟从小一起长大，祁明知道贺昀迟不是会故意逞强的脾气，冷哼两声，便骂骂咧咧地把电话给挂了。

贺昀迟握着手机，在原地发了一会儿愣。

过去四十八小时内发生的一切短暂重映了一遍，他不想去见家人安排好的女孩，并不出意外地与母亲发生了争吵，最终拎着只有几件衣服和随身物品的行李箱，独自一人跨越大洋飞回这座城市。

远处仍旧喧闹，周遭倒是一片寂静，放大了后巷稀稀落落的烟火声。

默立许久的男人动了动，收起手机，拉开门，走下一层楼梯。

陈南一的谈话还没有结束。

贺昀迟强行忍住下楼将那个人扫地出门的冲动，靠在转角的楼梯边，听见他们有些激烈的交谈声。

"这不是理由。"陈南一说。

"南一，你现在还年轻，不明白。"邵越解释道，"我爸自从出了那件事之后，一直很受打击。我也快三十岁了，看到父亲那个样子，来求你只是为了给父母一个安慰。"

他抬手按了按自己的眉骨，揉着眉心道："我的工作、生活环境你都知道，我不可能像你这样。"

陈南一额前散下几缕碎发，微微遮住了眼睛，让邵越看不清面前人眼底的情绪。

"你总是这么振振有词。"陈南一说，"把什么决定都说得像是逼不得已，其实只是在找借口逃避而已。"

"邵越，你以为往一个女孩子身上泼脏水能解决问题吗？不，隐瞒只会带来更多的问题。你父亲做了错事，你却想伤害一个无辜的女孩子来解决问题，如果他继续这样对待下一个学生呢?你打算怎么办?"陈南一冷眼看着桌后的人道,"要永远依靠伤害别人来解决你自己的问题,你不觉得太自私了吗?"

他的言辞锋利,邵越嘴角一直挂着的笑逐渐消失了,片刻后邵越才反问道:"难道要像你现在这样,几年都回不了家?"

或许清楚这是他的痛处,邵越的声音放轻了一些:"宋亦杉的事情可以先放下不谈,南一,这两年我一直忘不了——"

"我已经忘了。"陈南一坦坦荡荡地说。

邵越未说完的话戛然而止,他哑然看着陈南一,许久,道:"因为楼上那小子?"说着又嘲讽似的笑了笑,"你真是越活越回去了。南一,你现实一点吧。"

陈南一别开脸,并未立刻作答,隔了片刻才道:"他跟你不一样。

"邵越,我们是两路人,不过凑巧有了一段交集。真的不必再见了。"

交谈声断了,贺昀迟又等了几分钟,听见门口的风铃发出的几声清脆的叮当声响,便立刻脚步匆匆地钻回三楼的工作间。

他刚坐定不久,陈南一就上楼来了,推开门:"贺昀迟?"

"他走了?"贺昀迟语气里带着点不加掩饰的嫌弃。

陈南一看着他,笑眯眯地道:"你没偷听?"

贺昀迟心虚,表情却维持得不错,看不出一丝异样,只是抿抿嘴唇没说话。

"店里有监控的噢。"陈南一眨眨眼,慢悠悠地说。

贺昀迟动作一僵,偏过头,不情不愿地道:"就几句。"

陈南一唇角上扬,含笑去拉他的行李箱,道:"好了,回家吧。"

想起刚刚祁明打来的电话,贺昀迟加快脚步,伸手自己抓着行李箱的拉杆:"我今晚住酒店,家里还没打扫。"

但他的说谎技巧实在不怎么高明,临时找的借口也拙劣得要命。

陈南一转过头看了他一眼,站住脚,狐疑地道:"贺昀迟……你是不是有什么事啊?"

"没有。"贺昀迟否认得很迅速。

"那你为什么不回家?"陈南一问,"还有,你不是说买的是周三的机票吗?怎么今天就回来了?"

贺昀迟被一连串的问题问得有些接不上话,只能避开他的视线:"学校有事。"

陈南一上下打量了贺昀迟一阵,提醒道:"真的啊?学校的事我可以问小杉的。"

不大的工作间重新陷入了沉寂。

接近零点，窗外烟花炸开的声音又密集起来，陈南一的心似乎忽然之间被那些烟花感染了，开始猛烈地怦怦跳动。他像是预感到什么似的问："贺昀迟，你是不是跟家里吵架了？"

贺昀迟微微垂着眼睛，缄默良久，坦言道："嗯。"

陈南一脸色一变："你……"

"我不想去见我妈安排的女孩。"贺昀迟说，"与其随便找个人结婚，不如一辈子不结婚。"

"……"陈南一一时情急，连合适的措辞都找不出来了，"你还是学生，跟家里闹僵了关系你怎么办？你平常那么冷静的一个人，为什么这件事就不能——"

"不能。"贺昀迟突然打断他的话，抬起头，一双眼睛紧紧盯着陈南一，"我不冷静。"

他边说边上前一步，声音有些不易察觉的紧张："我不会那么随意地决定往后几十年的人生跟谁一起度过。

"这是我认为正确的决定，也是为了我觉得重要的人。"

"我不是心血来潮，陈南一，我想清楚了。就算我妈要把我赶出来……"贺昀迟话未说完，从兜里拿出了一张仅剩的银行卡放到桌上，底气不足一般，继续道，"从本科开始到现在，我所有的国奖、入学奖学金、文章奖金还有补贴，都在这里，接近十万。"

"毕业之前我可以搬回学校去住，开销可以靠每年的奖学金和补贴。"贺昀迟一字一顿，逻辑清晰又很有条理地和陈南一摆事实讲道理，试图证明他方才的结论缺乏理论与实践的双重支持，不具参考价值，必须加以推翻。

陈南一讶异地看着面前的人，完全说不出话来了。

"我和那个邵越……现在不能比，"贺昀迟不知为何跟邵越置起气来，"但我以后还可以——"

贺昀迟长到二十几岁，还没怎么操心过钱的事，现在更不想在陈南一面前落入下风，于是说到这里又闷闷地停住了。

他拧着眉，大概是在琢磨自己还有哪些能拿来证明的东西。

窗外的烟火恰巧开始燃放到高潮时段，新的一年就快要到了。

夜幕仿佛被人撒下大把大把的金粉或银粉，绚烂的光芒透过那面高大的玻璃幕墙，投映在木质地板与两人的脸上，留下明暗交错的疏离光影。

陈南一感觉心脏酸涩地缩了一下。贺昀迟如同一个笨拙的小孩，小心翼翼地捧出一颗真心，却傻乎乎地认为自己给出的只是廉价的玻璃弹珠。

他的呼吸都变得有些潮湿，眼中蒙上一层雾气，平视眼前的人许久，回答道："什么不能比？你怎么就知道在我看来你会不如他？"

贺昀迟怔了怔，表情松动，嘴唇微张，低声说："我不知道。"

陈南一眨了眨眼睛。

见贺昀迟迟迟没有动作，陈南一又主动伸出细长的手指，向他走了一大步，在贺昀迟面前晃了晃。

贺昀迟愣了两秒，才回过神来，盯着凑到眼前的人，喉结滚动了一下，小声道："那你相不相信我？"

这句话夹在两朵烟花燃放的间隙中，陈南一听得清晰极了。

平常的贺昀迟看起来冷静又聪明，今天却像一台出了故障的机器，与这两个词都搭不上边。

故障让他的外壳变得滚烫，烟花绽放，在贺昀迟脸上闪过一抹微红，他保持着一种紧张的表情，像是在急切地等待着认可。

陈南一望着这台故障的机器，眨眨眼睛，同样小声地回答道："当然。"

贺昀迟确实不是陈南一会交的那种朋友，没有工作，不够成熟，除了有一个跟他一样阻碍重重的家庭之外，算是别无长物。

但艰难困苦，陈南一需要的只是敢于和自己一起踏上前路的人。

陈南一凑上去说："快十二点了。"

贺昀迟被突然凑上来的人加剧了故障程度，只能微低着头，一声不吭地看着对方。

"想在这儿跨年啊？"陈南一眉眼弯起来，轻声道。

贺昀迟的目光落到自己腕表的表盘上，距离新年确实只有几十分钟了。他稍微向后移了移身子，重新去拉行李箱："我送你回家。"

陈南一被他一派正经的样子逗笑了："你新年第一天打算住酒店？"

贺昀迟并不觉得新年第一天住酒店有什么不通情理，但又无保留地赞同陈南一的话都有几分道理，于是又低声道："那我住哪儿？"

陈南一十分注重保护小朋友刚刚才向人争取过信任的自尊心，宽容道："要不跟我回家啊？"

贺昀迟的食指在那只细白的手腕上点了两下，他闷哼道："嗯。"

陈南一笑了笑，领着他走出工作间，关好店内的水电闸，与他并肩朝巷口走去。

烟火仍在他们头顶次第绽放。路边行人稀少，夜风寒冷，所有人仿佛都躲到了所爱的人身旁，等待着零点时刻许下新一年的愿望。

回到公寓，陈南一赶紧推着已经开始咳嗽的人去泡个热水澡。

贺昀迟在连续折腾的二十几个小时里并不觉得疲劳，一个热水澡反而唤醒了所有的不适。

陈南一的洗浴用品味道很清淡，几乎没有什么香味。他走出热气熏腾的浴室，闻见公寓里充斥着一股温暖的水果茶的香气。

陈南一正在料理台附近切水果，手边摆着两块切好的蛋糕。

他凑过去，站在人身后，低头看蛋糕的甘纳许镜面映出了点点灯光："栗子蛋糕？"

"嗯。今早做的，但这个做得不太好，抹面不太匀。"陈南一笑了一下，没有遮掩，一边用勺子搅动锅里的水果茶一边道，"本来想多练习一下。"

贺昀迟这会儿倒意会得很快，接话道："送给我。"

陈南一扫了他一眼，看见那副藏不住得意的神情，失笑道："是啊。"

刚进门时很冷，中央空调的温度设得有些高，陈南一早就脱掉了外套，只穿了一件衬衫。

身后的人虽然还有些距离，略高的体温已烧得他有些许不自在，悄悄站开了一步，继续煮水果茶。

原本一直缩在吊床上打盹的小咪不知怎么来了精神，跑过来扯着贺昀迟的裤脚玩儿。

陈南一倒好两杯茶，看着跟猫咪较劲的人，哭笑不得地道："来喝点热的，你今晚穿得太少了，别感冒了。"

贺昀迟直起身，一点看不出是会和猫斗气的样子，捧着玻璃杯慢慢喝了几口，又匆匆忙忙放下那只杯子，拉着陈南一往落地窗边走："要零点了。"

公寓在十楼，并不算非常高，大致能看到不远处城中心繁华的夜景。

那栋最高的大楼此刻正霓虹闪烁，投映的数字很有节奏地跳动着，在闪耀的烟火背景里格外夺目。

附近的广告屏转播活动现场的声音不远不近地传过来："新年零点倒计时——"

"10、9、8——"

陈南一坐在地毯上，拉了一下贺昀迟，对方便乖乖跟着坐到地上。

"贺昀迟，要许愿了。"陈南一说。他自己缓缓闭上眼睛，在心里默默念了一遍一个小小的愿望。

"3、2、1——新年快乐！"

"新年快乐。"贺昀迟低声说。

"新年快乐。"陈南一睁开眼睛道。

窗外的烟火正连续不断地升起，照得夜空亮如白昼。

他仰着头，静静看了一会儿，又听见贺昀迟问："你许了什么愿望？"

陈南一笑了笑，并没有直接回答，侧过脸反问道："你呢？"

贺昀迟轻咳了一声，诚实道："很多。"

"比如？"

"投的文章能快点见刊。"贺昀迟从容地道，"因为会有奖金。"

陈南一被他的务实精神逗笑了，朝后一仰，差点倾倒身体。好在贺昀迟手长腿长，轻松揽了一把，陈南一才勉强坐定没摔倒。

"还有吗？"陈南一边笑边说，手按着贺昀迟的膝盖，却并没有起来的意思。

贺昀迟又说了几条，基本都与学业相关。

陈南一颇有耐心地听完："就这些？你还有没有别的愿望？"他补充道，"如果都是这样的愿望，我好像没办法送你新年礼物。"

贺昀迟静了片刻，嗓音低哑地说："有。"

"嗯？"

"愿望说出口就不算数了。"

烟花庆典很快结束了，四周重新回归一片宁静。

"你这样我不能给你新年礼物。"

陈南一推开他，下意识地舔了舔有些干燥的下唇："贺昀迟你——"

话还没说完，贺昀迟握着他的肩，声音很低却又毫无不好意思："那发点压岁钱也可以。"

度过了一个情绪起起伏伏，最终陷于玩闹的夜晚之后，新年第一天陈南一醒来时，发觉正被贺昀迟专注地凝视着。他眼睛睁得很大，乌木似的眼珠微微失焦，令眉眼都显得格外深邃。

还没到闹钟预设的时间，天也才蒙蒙亮。贺昀迟好像并不是要来叫醒他，只是默不作声地半蹲在床边。

陈南一用另一只手揉了揉眼睛，看了一眼时间，声音带点困意，温和道："还早，怎么现在就起床，你饿了？"

"醒了，睡不着。"贺昀迟说着，见陈南一没有完全清醒，歪歪头，不太安分地碰了碰他的手。

贺昀迟的手有些湿润，仿佛沾着一点水汽，印在陈南一手背的皮肤上。

床上的人短暂地在枕头里埋了一下脸，懒洋洋地伸着腰，袒露一截脖颈和胳膊，笑着说："小咪早上捣乱就是像你这么闹的。"

贺昀迟没戴眼镜，眼神天然掺杂着一股茫然和纯稚的意味。他伸出手划了下陈南一的额头，口吻较真："是这样吗？"

陈南一确定贺昀迟不是在跟一只猫比较，稍稍抬了一下下巴，闭上眼睛，含着笑说："不是。它会直接压到我脸上。"

贺昀迟不擅表达，难得讲出口的承诺或者约定都非常生涩，暴露出迟钝而缓慢的一面。可尽管许多时刻无声，或话语不够动听，只因为他所有的举动都在告知自己的真心，便轻松拥有了融化陈南一的能力。

今天 One Day 照常营业，陈南一吃完早餐就准备出门。

贺昀迟人在放假中，照理可以无所事事，但出于种种原因不想在家睡觉，便拎着电脑跟着他一起去了店里。

午餐客订两三天前就满了，有几道复杂的菜，林姨一大早就到后厨开伙忙活。

林昂正在前台预热咖啡机，一抬头见这两人进了门，立马心照不宣地笑了笑："南哥。"

他促狭一笑，调侃道："今天蛮早的哈——后面这位是客人呢，还是自己人啊？"

陈南一嘴角噙着笑不答话，走进吧台系好围裙，转头安排贺昀迟去楼上："你去工作间忙你的事情吧，要不要喝什么？"

"都可以。"贺昀迟很好养，老老实实地上楼去了。

"啧啧啧。"林昂对着陈南一不住地摇头感叹，"之前是哪两位在店里吵架来着？"

陈南一从磨豆机里接了一份咖啡粉，用填压器按了几下，装回咖啡机上："那会儿是他喝醉了。"

"嘿嘿。"林昂顺手帮他从温杯架上取了一只咖啡杯，揶揄道，"你们现在又和好了？大八卦啊，今天晚上小杉来吃饭可有的聊了。"

"你们玩笑别开太过了。"陈南一有些无奈地笑笑，手腕轻轻抖动，让蒸好的奶泡在咖啡杯里慢慢浮出一个心形，"他不会接话。"

林昂撇嘴，摊手道："我还什么都没说呢你就这么护着了。"

"好啦，做事了。"陈南一笑着打发他去厨房，自己将那杯拿铁放在托盘里，端起托盘慢步上楼。

贺昀迟正坐在他常用的那张书桌前，神情专注地对着电脑做记录。陈南一靠在工作间的木门边，礼貌地叩了两下："在忙？"

电脑立刻被推开了，贺昀迟起身看着他，自己拿过咖啡放到桌上，露出一个很淡的微笑，回答道："看几篇文献。"

"今天店里会很忙。晚上还有个朋友聚餐。"陈南一抬手轻轻拍了一下他的脊背，道，"有你不认识的人，不过小杉也在。"

"嗯。"贺昀迟对此类社交活动谈不上很热衷，也谈不上非常抵触，答应得还算爽快，"我一会儿去趟实验室，晚餐前会回来。"

"好。"陈南一点点头，察觉到他带点克制意味的抿唇动作，垂着眼睑笑了笑。

"早点回来。"

聚餐与店内的用餐高峰错开，一群朋友在二楼一起吃饭，热闹了一会儿才陆续告辞。

陈南一下楼送他们离开，楼上便只剩下宋亦杉与贺昀迟。

宋亦杉今晚到得早，已经听林昂热情洋溢地介绍了一通八卦。这会儿人都散了，她才有心思开他的玩笑："贺昀迟，你动作好快啊。"

贺昀迟想解解酒，便端起面前的柠檬水喝了两口："有吗？"

"这还不够快？"宋亦杉晃着脑袋说，"我还以为你们要花很久才能正常相处呢。"

贺昀迟喝完水，握着玻璃杯，扬起嘴角不说话。

"不过我觉得师兄跟你倒是挺合拍的。"宋亦杉托腮道，"对了，马上就该转博了……你有什么打算啊？"

已经是研二上学期期末，身边的人多多少少都考虑过这些事。贺昀迟成绩很好，想拿到公派或是自己申请留学深造应该都不难。宋亦杉想起这桩事，顺嘴问了一句："你打算出国吗？"

"还没决定。"贺昀迟摘下眼镜，酒精令他头脑昏沉，话说得也不太利索，"没想好。"

"你大导给推荐应该蛮容易的吧——"宋亦杉递了张纸巾给他，"唉，那你可就吃不到师兄做的菜了啊……"

"小杉你要出国吗？"上楼来清场的林昂插话道。

"有机会当然要试试。"宋亦杉帮他递着餐具，乐观道，"出不去就算了。我这个专业左右是检查食品的，在哪儿还不能检查啊？"

她说着又看向贺昀迟，笑眯眯地道："喏，就像贺昀迟这个专业横竖是养猪的，在哪儿都能养，对吧？"

贺昀迟听罢也笑了，抬起头呼出一口酒气，跟着递了自己面前的餐碟："嗯。"

站在楼梯口的陈南一把这段对话听得一字不落，哭笑不得地走过来："小杉喝得不多吧？"

"不多。"宋亦杉摆了摆手，"没贺昀迟多。"

"等下让林昂送你回去。"陈南一不放心，叮嘱几句，才架起贺昀迟道，"我先带他回家了。"

夜风寒冷，贺昀迟一路吹风，回到公寓时头晕程度减轻不少。

换好衣服，陈南一先倒了杯热水给他，又替他拿热毛巾好焐一焐发凉的手。

忙完了这些，陈南一才说："小杉随口讲的，深造的事你自己考虑就好，不用想太多。"

贺昀迟本来半眯着眼睛，将睡不睡，闻言缓缓侧过头，道："你希望我出国？"

"有好的机会不应该轻易放过。"陈南一用温热的毛巾擦了擦他的脸，实事求是地说。

或许是酒精和热敷的作用，贺昀迟的脸微有涨红。他握住陈南一手中的毛巾扔到一边，言简意赅道："那我会去很远的地方。"

他皱起眉，盯着陈南一强调："可能很久见不到面。"

陈南一反应过来醉酒的人根本不是在和自己讨论未来发展，有些好笑地同他对视一会儿，心知肚明地哼了哼："是。"

贺昀迟很不高兴地轻推了他一下。

"好了好了。"陈南一揉着贺昀迟那头略显凌乱的头发，笑眯眯地道，"个人情感上不希望你去，行了吧？"

贺昀迟刚要张口再说什么，门口却传来几声不大不小的叩门声。

虽然疑惑，陈南一却还是挣扎着爬起来开门："这么晚了会是谁？"

门外是一个陌生男人，穿着简单的黑色大衣，拎着一只旅行袋，冲他礼貌一笑："你好，是陈先生吗？"

"我来找我弟弟。"

陈南一尽自己所能地快速思考几秒，反应过来这位访客的身份。他犹豫着后退一步，让开半个身体，有些局促地说："请进。"

玄关附近有面不太大的圆镜，陈南一侧身的同时，短暂瞟了一眼镜中的自己，头发衣服都还算整齐，只是表情中透着点手足无措的意味。

"这么晚不方便打扰，就不进去了。"对方客客气气地婉拒道，"贺昀迟他……"

"他在。"陈南一挤出一个还算得体的微笑，半抬起胳膊指指室内，道，"我去叫他。"

但他刚转过身，还没出声，就被快步走过来的贺昀迟一把拽到了身后。贺昀迟紧紧攥着他的手腕，轻轻一晃，陈南一整个人都被带着半藏到他身后。

"哥。"

他周身还有些没散的酒气，人也不像清醒的样子，任钧看了片刻，问道："喝多了？"

"还好。"陈南一想替人打圆场，解释说，"朋友聚餐，喝的都是度数低的餐酒。"

大概因为大哥的口气听着有几分责怪意味，贺昀迟虽未答话，却下意识地把陈南一往背后藏得更深了一些。

任钧瞥见这个动作，来时路上准备好的一篇腹稿即刻被噎回去大半。他顿了顿，招手道："先回家再说吧。"

说罢，他冲陈南一点头示意过，便径自走到对面的那扇公寓门边，输入密码，打开了大门。

陈南一很快冷静下来，平复情绪，按了按贺昀迟那只握住自己的手，小声说："你先回家吧。"

贺昀迟嘴角朝下一垮，眉毛都快拧到一起。陈南一现在已经能够顺利解读他这些小表情，立刻安抚道："好好谈，不要吵架，我等你的消息。"

贺昀迟看了他一会儿，才慢慢松开手，拖着步子走进家门。

公寓几天没打扫通风，室内有些闷。

任钧放下行李袋，打开新风系统，又十分老妈子地去烧了一壶水，泡了杯姜茶推给坐在自己对面的弟弟。

贺昀迟端起来喝了两口，被姜茶的奇怪味道呛得醒神，晃晃头，放下茶杯道："怎么现在过来了？"

"你说呢？"任钧抱着自己的那杯姜茶，慢腾腾喝着，"接完祁明的电话我就买机票了。

"下次不能这么胡闹，联系不上你，爸妈都很担心。"

这件事贺昀迟自知理亏，他低着头，轻声答应："知道了。"

接着屋内安静了一小段时间，任钧似乎没有要强迫贺昀迟的意思。喝完茶，他收走两只杯子边清洗边说："你前一阵子和我谈的那些……交友的事，是受隔壁那位先生的影响？"

"不是。"贺昀迟想了想，补充道，"是我自己的想法。"

任钧对他整晚都在拼命回护别人的行为略感无奈："你们认识多久了？"

贺昀迟语焉不详："不是很久。"

"他是做什么的？"任钧擦干手，坐回贺昀迟对面，开始仔细盘问。

"自己经营餐厅，父母是大学教授。"贺昀迟扶了一下眼镜，答得很流畅，"脾气好，对我也很好，会下厨，做饭跟大嫂一样好吃。"

任钧失笑："你大嫂不在这儿，少拍她的马屁。"

两人的笑声令屋内气氛轻松不少。又坐了一会儿，任钧敛起笑意，打量着已经是个成年男人的弟弟："你二十几岁了，感情的事有自己的想法很正常，不想结婚——我和你大嫂没什么不能接受的，但你要考虑考虑爸妈的心情。

"和家里吵完架就自己不管不顾地回国……你做得太欠考虑了。贺姨性子急，你也清楚这点，即使不想去相亲，也该找个机会先告诉我和爸，我们再商量怎么说。"

他说着，又瞥了一眼垂着脑袋的人："你要是已经长大了，也应该替贺姨想想。闹成现在这样，以后要是有心仪的人，你怎么带回来——总不能真的一辈子不回家吧？"

贺昀迟抬起头，与他对视良久，认为大哥说得确实不错，解释道："嗯。那天心情不好，本来也打算先告诉你和任叔。"

"哎，行了。时间不早了，先休息吧，有事明天再说。"任钧刚结束一趟长途飞行，深感精神不济，揉揉额角道，"我就住客房。"

这套公寓的客房平时也被保洁阿姨收拾得干净整洁，住几晚不成问题。

趁着大哥回客房洗漱，贺昀迟钻进自己的房间，简单冲了个澡，又给陈南一发了几条微信。

但过了几分钟，仍然没有收到回复，贺昀迟重新戴好自己的眼镜，正准备打字，却听见任钧在房间外叫自己。

他回到客厅，任钧打开了自己的旅行袋，取了一张银行卡和一把钥匙，放到桌上，道："卡是爸让我给你的，钱不多，但也够你用一阵子，开在我的名下，贺姨不知道。

"钥匙是这间房子的。不过贺姨也就是一时气大了才改密码，应该不会再改了。"

任钧用指尖敲了敲桌面，又走过来拍拍弟弟的肩膀，道："自己收好。"

贺昀迟回家之后，陈南一心神不宁地在地毯上呆坐了许久。

木质小茶几上摆着一瓶几天前朋友送来的重瓣山茶花。花期将尽，他伸手轻碰了几下，两片白色的花瓣便如雪花般飘落在深色的桌面上。

这时又响起几声不轻不重的叩门声，陈南一恍惚回过神，连忙去开了门。

贺昀迟已经换了一身睡袍，身上的酒味也消失了。他闪身进来，关好门，捏着陈南一的手，举起自己的手机给他看："我发了很多微信。"

陈南一才想起衣兜里的手机，摸出来一扫，锁屏界面显示着一连串半个小时前的消息。"不知道什么时候开了手机静音……你怎么不在家陪你哥哥？"

"他睡了。"贺昀迟拿过陈南一的手机，扔到玄关的立柜上，"你不回消息，我以为……"他说到这里停了几秒，没再继续。

陈南一闻着贺昀迟身上很淡的香氛气味，不知怎么心情安定许多，笑了笑，道："以为什么？"

贺昀迟没出声，只是很轻地呼了口气，有些上翘的发梢都被他呼得轻轻抖了抖。

陈南一低笑着说："你哥来得太突然，我只是没反应过来。"感觉到贺昀迟像要退开些许，他又抢先道，"不用怕，有什么事我都会和你一起面对——"

"呃，你看，这两天要不要请你哥哥吃顿饭……？"

贺昀迟低头凝视着他，嘴角微微勾起："好。"

"那我来安排。"陈南一长呼出一口气，语气里有一丝压不住的紧张，"你知道他喜欢吃什么吧？"

贺昀迟心不在焉地嗯了一声："我哥不挑，清淡点的就好。"

"噢……"陈南一一边思索要怎么准备，一边往外推贺昀迟，"嗯，贺昀迟……你先回去睡觉。"

"不。"贺昀迟的语气有种幼稚的坚决。

陈南一耐心地劝道："……别闹了，你哥明早起床找不到你怎么办？"

"他要倒时差，会睡很久。"贺昀迟说。

"你不回消息我才过来。"他不满地皱皱眉，低头闷了一会儿，道，"我不知道门锁密码，回不了家。"

他的语气很平，却又说得有点可怜的意味。

陈南一当然知道贺昀迟不是流浪的小动物，但他在漫长冬夜两手空空地躲进这间屋子，使人感觉确实没法赶他出去，只好顺着贺昀迟的话，拍拍他的胳膊，小声道："好吧。"

说罢，陈南一拿起被贺昀迟放在立柜上的手机，转身进了浴室。

神经紧绷了小半晚，热水泡得陈南一放松许多。他在浴室里耗了不短的时间，出来时室内的灯都关了，沿墙的地灯发着昏黄柔和的光，一路延伸到卧室。

他擦着头发，走进卧室，无奈又意料之中地望着坐在自己床上的人，停下手上的动作。

但贺昀迟低着头，还在摆弄手机，表情严肃，像在和人讨论什么重要问题。

陈南一不欲打扰，便没有出声，擦了两把头发，又拿起被贺昀迟推到一边的两本书，放回书架上。

手机屏幕正显示着微信的对话界面，电量不多，屏幕亮度很低。几分钟前贺昀迟发了一句话，随后祁明的消息便一条接一条地弹出来。

"这还用想？"祁明这两天在欧洲和一帮朋友折腾一个跨年主题的短途旅行，此刻倚在酒店的藤椅边吹风，眯起眼睛唰唰回复。

贺昀迟逐条看下去，好友发来的最新一句大体是在表达对自己的嗤之以鼻："在朋友家里留宿不闹得他睡不成觉的行为约等于大学逃课去图书馆学习。"

贺昀迟皱了一下眉，回他："我大学没逃过课。"

"知道你是好学生，你还从不在外过夜呢。"祁明秒回，针锋相对道，"不对啊，你不是不乐意在外住吗？你这个朋友是男是女啊？"

"贺昀迟？"陈南一站在床尾，眨了眨眼睛，说，"我要睡觉了。"

陈南一说完，贺昀迟手中的手机恰好又振动了一下。他瞟了一眼新消息，扫见一行"快跟哥交代情况……"便迅速按下锁屏键，把手机反扣在床上，轻轻嗯了一声，往后稍退，让出了点位置。

陈南一立马看穿他的算盘，一步也没挪，继续道："你回隔壁房间去睡。"

但贺昀迟大有赖着不动的架势，盘腿坐在原处，指指连着电源的手机："快没电了，要充电。"

陈南一有些好笑地打量他，拉开一旁的抽屉，拎出一个充电器，往前走了两步递过去："给。"

贺昀迟一时语塞。他没戴眼镜，嘴唇微张，露出和刚刚在门口时一模一样的表情。

陈南一拿他没办法，顺从地坐到床边："贺昀迟，你几岁了？怎么跟希希一样耍无赖啊？"

贺昀迟不是很认同这个说法："这不算。"

"不算吗？"陈南一轻声反驳，"你比他还无赖。"

但他反驳归反驳，身体并没有退开，贺昀迟愿望达成，就决定不计较这句话了。

贺昀迟原本习惯于和人保持社交距离，然而短短几天，就改变了标准，断定之前自己的标准太过不近人情。

贺昀迟碰了碰陈南一手附近的床单，不大用力地抚平上面的褶皱，又很克制地没有继续动作，只是轻轻地在床单上点了几下。

陈南一默默看着，睫毛抖动，又闭着眼睛道："你明天要早点起床回家。"

贺昀迟的手往下滑了几寸，碰到陈南一的手背，笑了笑，他往陈南一的床上一躺，很好商量地回答道："嗯。"

房间真正的主人只能抱着被子去睡客房。

不过贺昀迟并没有说到做到，第二天两人都睡到很晚。

贺昀迟醒得稍早，先起床去厨房做了点食物。

煎蛋的香味飘进次卧，陈南一醒过来，睡眼惺忪地爬起来走到客厅，打着哈欠道："好香。是什么？"

"三明治。"贺昀迟以前不忙时也会自己做点东西带去实验室吃，所以这种简餐做得很利落，"你的在这边。"

陈南一刷好牙，从滴滤壶里接了杯咖啡，边喝边问："你哥哥醒了吗？"

"醒了。"贺昀迟说，"我给他送过早餐了。"

陈南一拿着咖啡杯的手一抖，像被家长得知成绩的心虚学生，有点脸热，他放下杯子开始赶人："那你怎么不回家待着？"

贺昀迟动作漂亮地给煎蛋翻了个面，等了小半分钟，将煎蛋放到陈南一的餐盘里，小声抱怨道："我哥都没催。"

陈南一放弃跟他争论这种问题，好声好气道："那他说了什么时间有空吃饭吗？"

"今晚可以。"贺昀迟说，"我等会儿开车跟他一起去看外婆，下午回来。"

"好。"陈南一点了点头，"路上小心。回来就直接去店里吧。"

两人刚吃完三明治，任钧催促出门的电话就拨进来了。贺昀迟老老实实地回家换了衣服，和大哥一起出门了。

外婆休养的小镇离 A 市不远，开车不到两个小时的车程。贺昀迟返程时，正是晚餐时间，回到店里时刚好错开了营业高峰。

陈南一原以为这顿饭会吃得有几分尴尬，但任钧性格与贺昀迟完全不同，人很健谈平和。他本科读的 B 大，又认识不少 B 大在美留学的学生，很快与陈南一找到了话题。

一顿饭吃下来，反倒是贺昀迟没怎么开口。

饭局临近结束时，贺昀迟来了一个电话，便走到二楼另一侧的窗边接听。

难得只剩下分坐桌边的两个人，任钧望了一眼弟弟所在的方向，正过脸对陈南一道："其实我听说过你。"

陈南一给他添水的动作顿了顿，倒满一杯柠檬水，安静地看着对面的男人。

"我认识邵教授，也跟邵越见过几面。"任钧说，"我父亲的公司和母校有很多合作，有几项业务与邵教授的课题相关。"

他用一种审视的眼神盯着陈南一："昨天几个 B 大的朋友聊天，有人提到你之前因为举报老师从 B 大退学的事情……"

任钧点到即止，笑了笑，道："我知道这件事可能有点隐私，不过性质特殊，当年传得沸沸扬扬……如果是别人我也不会多问，但既然是我弟弟郑重其事给我介绍的朋友——

"我只是随便问问，道听途说，有什么误会还请你不要介意——"

"哥。"贺昀迟不知何时已经走回来，听见他们的对话内容，沉着脸打断道，

"你有想问的话可以直接问我。"

任钧的目光在面前的两人身上来回打转，他挥了下手："好好好，吃饭吃饭。"

陈南一喉咙发紧，忽然反问道："是邵越告诉你的对吗？"

任钧微微一愣，似乎不是很想牵扯其他人，停了片刻才说："是的，你也认识他？"

陈南一垂下眼睛，低声道："他是怎么说的？"

"他只是简单说了那件事，没有深聊细节……"任钧陈述道，"你和他很熟吗？他说跟你相处过一段时间。"

陈南一的表情变得有些奇怪，他起身道："抱歉，我去趟洗手间。"

贺昀迟抬手，大概是想拦住他。但陈南一走得很快，不容阻拦地推开他，匆匆朝楼上走去。

贺昀迟表情不快，又与任钧僵持了一小会儿，丢下一句"那件事我改天和你解释"，也跟着上楼了。

他靠近三楼的工作间，听见陈南一讲电话的声音，耐心地等了等，直到室内变得沉默，才推门走了进去。

陈南一转头看见是他，抿抿唇，收敛情绪道："你怎么上来了？"

贺昀迟从陈南一手里抽过手机，扫了一眼那串无备注的号码，听不出什么语气地说："你在给谁打电话？"他动作流畅地删除那个碍眼的记录，慢吞吞地道，"连电话号码都可以直接背出来？"

陈南一心里仍有未消的愠怒，没有立刻接话。等贺昀迟镇静些许，陈南一一面伸手去拿自己的手机，一面张口要对他说些什么时，手机偏偏很不赶巧地再度响了起来。

贺昀迟低头一瞟，发觉还是那串号码，立刻开始后悔刚才头脑发昏没有及时拉黑来电人。他抬起手，打算替陈南一按下拒听键，陈南一的胳膊却已经缩回去了，让他的动作自然而然地扑了空。

陈南一退后两步，别开视线，在钢琴声中说："我接个电话。"

贺昀迟绷着脸，镜片后的一双眼睛变暗了一些，眼里明确写着对这种近乎被排斥在外的情形十分不满。但这次陈南一顾不上照顾他的情绪，只是背过身，面向窗外接通了电话。

通话并不愉快，没说几句，交谈就开始向着争吵的方向发展。

对自己和任钧具体提过什么，邵越答得尤为含混。他本来就是八面玲珑的圆滑个性，似是而非的话术修炼得炉火纯青。

这固然糊弄不了现在的陈南一，但也绝不可能透露出他自己有意隐藏的信息。

于是陈南一和他徒劳无功地胶着了几分钟，邵越那些冠冕堂皇的说辞像隔了一层雾，只是嗡嗡作响，不能真正灌进他的耳朵。听得心烦，陈南一转过身，发现贺昀迟不知何时已经离开了。

楼上楼下都很安静，除了店里的轻音乐，什么动静也无。

陈南一突然觉得极疲累，倦怠地打断男人喋喋不休的争辩："邵越，你到底想干什么？"

对方沉寂一会儿，终于说道："当初我和你之间走到那个地步……完全是因为你对我父亲的事太过固执，他年纪在那摆着，你就不能对人对己都宽容一些吗？南一，你知道，我曾经把你当作我最重要的——"

"用不着给你的自私加上一个因为我的名头。"陈南一颇为反感他这种凡事都要给自己戴个高帽子的行径，直白地道，"我以为上次见面，我已经说得很清楚了，看来还是不够。"

"以前的事不论对错，都结束了，不做纠缠就是最大的尊重。"他说着，声音一沉，"还有，我希望你明白，今晚和你说这些，不是因为我担心你在任钧面前提起我过去的事情，而是我不想把宋亦杉的伤疤揭给其他任何人看。"

陈南一越说越压不住怒意，插在口袋里的手紧攥着，语调几乎有些发狠："如果你再这么做，我就不会像今天这样，继续对跟你父亲有关的那部分事实保持沉默了。"

电话打得不长，陈南一冷静下来反倒费了不少时间。

林昂瞥见他缓步下楼的身影，顺嘴道："怎么才下来？他们早回了。"

提起这个陈南一就头痛："他说什么了吗？"

"啊？能说什么？"林昂被这句话问得摸不着头脑，侧过脸端详着陈南一的神情，嘿嘿一笑，"噢，你们又吵架了？"

"没有。"陈南一下意识地否认了，但顿了片刻，又改口道，"应该不算吧……"

他说着拿出手机看了看，贺昀迟没给自己发一条信息，或许是真的生气了。

"吵架了也没关系。"林昂边用干净的软布擦着预备放到温杯架上的杯子边说，"他一看就跟周哥一样，脾气说来就来，但特好哄。"他说着又眨眨眼，嬉皮笑脸地道，"上次不是人家主动来找你吗？这次轮到你咯。"

陈南一正在取挂起来的大衣，装作没听见这句话，穿好衣服，道："我也先回家了。"

"行行行。"林昂饱含暗示地盯着他笑，"回吧回吧。"

时间很晚，小区里只有冬夜稀松平常的隆隆风声。

陈南一裹紧了大衣和围巾，朝公寓楼走去。

属于贺昀迟那间公寓的落地窗迎着人行道。陈南一一仰头，看见一个人影映在窗边，但周遭很暗，又逆着光，并不好判断究竟是谁。

陈南一短暂望了望，感觉脸被风刮得生疼，便没有多停留，匆匆忙忙进了家门，才感觉好了一些。

屋内保持着他们上午离开时的样子，贺昀迟随手脱下的一件外套还搭在餐椅上。

陈南一趿拉着一双拖鞋，过去摸了摸那件手感很好的针织衫，摸出手机，敲了几个字发出去："回家了吗？"

贺昀迟快把手机盯出一个洞来了才等到一条消息。他重复看了几遍，仍旧不太高兴，施施然将手机放回口袋里，又怕错过振动提醒，并没有抽出手。

"总之路是你自己选择的，你自己就要负责。"任钧坐在贺昀迟身后不远处，正忙着整理行李。他这次是临时回国，不宜耽搁太久，所以订好了明天上午的返程航班："我不多干涉你，但就一个要求，绝对不能——"

"不会了。"贺昀迟侧着身，举起手承诺道。

"那就好。"任钧拿起空空的旅行袋，将东西逐一收好，"贺姨那边我会帮你想想办法，但你也不要指望她能马上消气……

"毕竟你闹得太厉害了，她需要点时间。"

贺昀迟点点头："我知道。"

任钧语重心长地叮嘱几句，又坐下清点随身物品，再抬起头时，见贺昀迟还靠在窗沿附近，随口道："怎么一直站在窗户边，看什么呢？"

"没看什么。"贺昀迟心不在焉地说。

他的目光在窗外两栋大厦之间游移两三回，忍不住拿出手机回复了一条信息。

没多久，手机振动一下，陈南一的新消息弹了出来。

"方便听电话吗？"

贺昀迟面无表情地看了看这句话，从容地转过身，道："我先回房间了。"

他说着，飞快地钻进自己的房间里，关上门便迫不及待地按下了拨号键。

机械的嘟声没响两下陈南一就接起来了，他的声音很软，比刚刚在工作间里温和许多："贺昀迟。"

"嗯。"

"你生气了？"陈南一单刀直入地问。

贺昀迟梗着脖子，坚持不答话，反问道："你跟邵越谈完了？"

"谈完了。"陈南一不理会他的小招数，循循善诱道，"贺昀迟，你是不是生气了？"

电话里又是一阵缄默。

陈南一等了许久，几乎都打算放过贺昀迟主动换个话题时，却听见一个很低的声音："事情我已经跟我哥简单交代过了。我也问过我哥，是邵越主动挑起那个话题的。他知道我哥会来问你，这么说，应该是想让你主动联系他。"

陈南一听他分析的思路格外清晰，嘴角上扬道："你那么清楚啊？"

两人说着，陈南一给自己倒了杯热水，抿了一小口："我知道他打的就是这个算盘，所以才一定要和他说清楚。"

"嗯。"贺昀迟从鼻子里哼了一声。

陈南一笑了笑，柔声道："贺昀迟，你还生气吗？"

那头的人并没有很快回应。

陈南一耐心十足，贴近粗陶杯，任杯中热水徐徐升腾的雾气润湿了自己的脸。他全身都被这股热意浸得暖洋洋的，像在与人拥抱。

"但我不喜欢你打电话给他。"贺昀迟隔了小半分钟开口，闷声道，"你接他电话也不行。"

⑨

负距离

电话里安静几秒，陈南一没忍住，低声咻咻笑起来："嗯。"

他边笑边安抚道："我尽量。"

贺昀迟的耳朵贴着手机，听筒内的笑声仿佛被电波添了几分磁性。

盘桓小半晚的那点情绪瞬间消散不见了，他撑着书桌触感微凉的桌沿，不知怎么脸颊一热，耳郭蔓上一层红晕。

好在陈南一及时收住笑声，说起正事："对了，你哥哥他……"

"他明天就回美国。"贺昀迟说，"那件事你不用担心，我和他解释过了。"

可能是为了让陈南一彻底放心，他想了想，又补充道："明天我送他去机场，你要不要一起？"

"啊？好。"陈南一答应之后就开始走神，思考要不要准备一些补品礼物之类的东西送给任钧。他的思绪飘得远，完全没留意贺昀迟又说了几句话。

电话那头的人很不满，叫了一声他的名字："陈南一？"

"嗯？"陈南一回过神，"你刚刚说什么？"

贺昀迟低头看着自己拖鞋上印着的小黄鸭："我说，你开下门。"

陈南一微微一愣，片刻后才反应过来人跑到了自己家门外。他捏着手机，有点好笑地说："你怎么又过来了？"

贺昀迟没挂断电话，也不正面回答他，理直气壮地抬手敲了敲门。

敲门声动静不小，颇有节奏，叩了没两下，陈南一担心惊动任钧，赶紧过去把门打开了。罪魁祸首站在门外，一点不心虚地看着他。

"你……"

话音未落，贺昀迟长腿一伸，迈进门里。

陈南一有些无奈："今天也不知道门锁密码？"

贺昀迟这次连借口都不打算找了，只默不作声地侧过脸。

陈南一被他弄得没辙，轻笑道："贺昀迟你几岁了，怎么像幼儿园小朋友，和好了还要一起吃饭……？"

"嗯。"贺昀迟赞同地点点头，一副不以为耻的样子。

"……"陈南一哭笑不得地别开脸，不再赶人出门，打着哈欠转身去浴室洗澡了。再裹着睡袍回到卧室，他发觉贺昀迟似乎也重新冲过澡，沾着点水汽的头发被随意地拢到后脑，镜片映出他正在和什么人发微信。

陈南一站在床边望着他，认真考虑是把人赶到客房去睡还是自己去客房。但贺昀迟不给陈南一多想的机会，很快丢开手机，往前一蹭。

陈南一退开少许距离："贺昀迟，你去隔壁睡。"

贺昀迟这次规规矩矩地在床边坐好，小声抗议道："我不去。"

他又加码道："我困了。"

"……"陈南一虽然张了张唇，推拒的话却一个字也说不出来了，最终还是自己抱着被子去了客房。

陈南一起床洗漱，赫然发现脖子上冒出几片过敏的痕迹，顿觉头痛不已。大概是昨晚没顾得上换条新的床单，他只能翻箱倒柜地找起高领毛衣。

但他平常没有穿这类衣服的习惯，找了很久，也不过找出一件领口稍高的衬衫。他匆忙换好衣服，就差不多到送任钧去机场的时间了。

贺昀迟负责开车，陈南一坐在副驾驶座。

任钧并没有因为之前的小插曲而改变态度，一车人路上的交流称不上多，也算不上少。

直至车子开进航站楼附近的停车场，任钧忽然开口："我和小陈先上去办值机，你去停车吧。"

贺昀迟闻言，从后视镜里悄悄看了大哥一眼，又转过脸望着陈南一。

陈南一抿抿唇，冲他露出一个微笑，点头附和道："好。"

两人在电梯附近下车。任钧行李不多，陈南一拎着自己准备的两三盒礼物，和他一同走进电梯。

时间还早，电梯里没有什么人，任钧按下出发层的按键。

"晚餐的事情——"他侧过头，略带歉意地对陈南一笑了笑，"希望你不要见怪。"

"不会。"陈南一赶忙道。

"那就好。"电梯门徐徐打开，两人进了出发层。陈南一替任钧拿着行李，等他换好登机牌。

停车场内，贺昀迟没费太多工夫就找到了停车位。他停好车上楼，在几个国际航班出发的值机区域附近转了一圈，很快找到了正在交谈的两人。

"我弟弟常年一个人生活在国内，个性勉强能说是成熟独立。但……"任钧浅浅微笑着,看起来和陈南一聊得还算愉快,"他长这么大,其实一直都在学校里打转,说是个没长大的小孩也不为过。"

"那天他和家里大吵一架的时候,我还以为他是在跟他妈妈闹脾气。"任钧有些无奈地捏捏眉心,"贺姨的个性就是这样,她太喜欢替他安排了。小迟又偏偏不愿意接受。"

"陈先生,尽管这话不算好听,我还是想提醒你。"他说,"我弟弟心性单纯,与人交往的经验不多,他的很多决定是不是经过深思熟虑的我也不能保证……"

听得出任钧的话里并无恶意,他仅仅是站在旁观角度进行客观评价。

陈南一怔了怔,随即微笑道:"我知道。"

"我之前也顾虑过。"他继续说,"不仅有这个……"

"我担心过他是一时冲动,担心过很多很多。"陈南一垂着眼,说完后顿了许久,抬起头不太好意思地道,"不过担心再多——"

"我都会一直陪着他。"

A市今天的天气不大好,湿冷,飘着细密的雨丝,但飞往旧金山的航班未受影响,没有晚点。

贺昀迟从机场开车载陈南一返回公寓,途中收到了哥哥准时登机的短信。

他的手机放在车子的扶手箱上,陈南一替他拿起来看了看:"是你哥哥的短信,他说航班正常起飞了。"

"嗯。"

"你现在要去学校吧。"陈南一说。时间还早,还来得及去趟卖场,他望向窗外雨雾朦胧的城市,低头翻着自己的备忘录:"那前面路口你停一下,我去买点东西回店里……"

贺昀迟的车原本开在中间左转车道,接近路口。

雨刷器扫净挡风玻璃上密布的水珠,红灯计时就要结束,该打转向灯了。

可他瞥了一眼副驾驶座上的人,把要去拨转向灯操控杆的手收回来,不轻不重地踩着油门,直直开过了路口。

"贺昀迟?"陈南一再抬起头时,发觉车都已经开进小区了。车外快速闪过一丛一丛的灌木,繁茂高大的植株投下连绵阴影,车内自然暗了下去。

等车停稳,陈南一不明就里地被贺昀迟拉着进了电梯上楼。

贺昀迟流畅地输了一串密码打开公寓门,把人推到屋里,微微用力按着他的肩膀,低声道:"我想听你再说一遍。"

玄关正对着落地窗，浅色窗纱没有拉开，显得室内更加昏暗。

贺昀迟的脸颊皮肤、唇舌字句都带着发烫的温度，陈南一的脸便不由自主涌上一股热意："什么？"

"刚才在机场，我到之前，你跟我哥说的话。"贺昀迟紧紧盯着他，含糊道，"再说一遍。"

陈南一脑袋转得再慢也反应过来了，努力正色道："你又偷听。"

话是这么说，但他的口吻半是无奈。

贺昀迟并不觉得自己理亏，眨了眨眼睛。

"既然你都听见了……"陈南一不大自然地咳嗽两声，别开脸，打算蒙混过关。

贺昀迟对他转移话题的态度不太满意，小声说："我还想听。"

被贺昀迟缠得没办法，陈南一伸手轻轻抓着他额前一小撮微翘的头发，低笑道："嗯……你的人生是要看你自己啊。"

他说着，收回手站直身体，温温柔柔地道："我会一直陪你。"

⑩ 凌晨三点

年初的这几天，发生了许多事。

虽然陈南一的旧年以见到不想见的人收尾，但早早晚晚，磕磕绊绊，新年终于还是开始了。One Day 照计划更换了全新的菜单，主打的两道傣味料理经事先品尝过的贺昀迟反复推介后，成了周围几个课题组的人点单率最高的外卖之一。

"哎，你又叫外卖？"庄泽森瞄见贺昀迟拎着一个纸袋要往便利店二楼走。

庄泽森不爱睡午觉，午餐严格控制碳水摄入，大多都是在便利店用三明治和沙拉解决。他用脚踢开一点位置，示意贺昀迟坐到自己对面。

贺昀迟朝他抛了一罐苏打水，落座后打开餐盒——那显然不是外卖。尽管食物看起来眼熟，但用料明摆着过于扎实。

庄泽森不由得咂舌："大哥我也想要人给我送饭。"他拉开苏打水的拉环，悲愤地吞了一口，打着嗝道，"还要不用给钱的那种。"

庄泽森说着，想起昨天去陈南一店里找人的遭遇。其实这件事全怪贺昀迟最近突然不再贯彻一心一意泡实验室的原则，早中晚准点打卡，准点离岗。

课题组的几个人八卦一顿，一致认为，他也许是恋爱了。

庄泽森好奇心重，中午讨论完，下午便随口问了一句贺昀迟晚餐去哪儿吃。

"说，是不是跟你对象吃啊？"他靠着转椅，冲贺昀迟坏笑挑眉。

贺昀迟拒绝得干脆："一个朋友。"

"啥？！"庄泽森呆滞道，"我看你天天盯着手机，就是个朋友？！你的哪个朋友我不认识？"

"最近刚认识的。"贺昀迟拿起外套，露出一个很淡的微笑，"我走了。"

庄泽森觉得他这话讲得有几分得意，但又没从表情里找出确凿证据，只能抓紧时间敲竹杠："认识了新朋友不请客说不过去吧，择日不如撞日，我看就今天。哎哎，哪个院的？男的还是女的？师妹还是师姐啊，能不能帮我介绍一下漂亮姐姐？"

贺昀迟脚步一顿，转过身看着他，稍做思考，便给陈南一发了条微信。

等到答复之后，他朝庄泽森点了点头："请你吃晚餐。"

"OK，保证只吃饭不瞎撩。去哪儿吃啊？"庄泽森兴冲冲道。

"老地方，One Day。你的观察弄完了吗？"

"还没。"庄泽森回头望望电脑，"你先走吧，我过半个小时再去找你。"

没承想隔了半个小时再在店内二楼见面时，庄泽森却不巧撞上贺昀迟偷偷摸摸按着店老板，躲在临窗的隔断讲悄悄话。

"本科发文章的大佬就是与众不同哈，我还以为是你偷偷认识了漂亮姐姐。"庄泽森咬了一口三明治，"以前我可是完全没看出你跟哪个男的能关系这么好。"

"我以前是没有。"贺昀迟说。

见他仿佛心情很好，庄泽森嚼着三明治，大着胆子问："之前你跟冉雯到底怎么回事啊？"

"算我的问题。"贺昀迟吃掉两块里脊，慢慢道，"还好，她比我看得清楚。"

庄泽森心想也是，咧嘴笑笑："反正都过去啦，没耽误人家就行。对了……"他吃着蔬菜沙拉追问道，"你怎么跟那个老板关系变好的啊？"

这次贺昀迟没有像刚刚那样立刻作答，而是捏着苏打水的铝罐皱眉想了一会儿，模模糊糊记起祁明曾经说过的"就这人没跑"，不禁低头笑了笑。

庄泽森深感无语，撇撇嘴道："喂喂，你也不用这么陶醉吧？"

他对面的人立马收敛笑容，迅速搬出正事："吃完再买点吃的带回去，晚上的实验应该要盯到很晚。"

前段时间贺昀迟的导师为了加快进度，安排一个师妹帮忙做了部分贺昀迟的实验。现在师妹有了新的实验安排，贺昀迟自然要搭把手，和他自己的任务堆到一起，工作量也就多了不少。

今天的实验每六个小时要重新观察记录，贺昀迟做好熬通宵的准备，提前告诉了陈南一。

节后工作日，店内用餐的客人不多。

最近贺昀迟常带同学光顾，店里生意极好，不仅陈南一辛苦，店员也分担得多，大家忙了几天没好好休息，他今晚便早早打烊了。

到家没多久，陈南一刚洗完澡从浴室出来，就听见外套里的手机嗡嗡作响。他快步过去，摸出手机看清来电人，手上动作一僵，深呼吸两下才接起来："妈？"

"南一，现在在家吗？"母亲问。

"在。"陈南一下意识地绷直了背，回答道。

"妈妈到这边来参加朋友女儿的婚礼。"母亲说话的声音里有如云雾般轻而深重的忧愁，"路过你住的小区，想来看看你。"

"你爸爸这次没过来。"她补充说。

陈南一的心像被人狠狠揪了一下,他没法开口拒绝:"那我……我到门口去接您。"

"不用了。"陈母按下电梯的上行键,"我上电梯了。"

"好。"陈南一尽力控制了一下情绪,匆匆收起手机打开门。他等了不到一分钟,便看见许久未见的母亲走出了电梯。

"妈。"

"南一。"陈母也有些激动,拉着儿子的胳膊看了看,"怎么又瘦了?"

"没有吧。"陈南一勉强一笑,接过她拎的包带她进门,"您冷不冷?"

"妈不冷,你怎么穿得这么少?"陈母注意到他身上的水汽,习惯性抱怨道,"刚洗完澡身上也要多穿点。"

她说着,拿起搭在玄关衣钩上的一件外套往陈南一身上披,才抖开便发现不对:"南一,这不是你平常穿的码呀……"

陈南一怔,侧过脸看,暗自头痛地拿回外套,小声说:"是……随便买的,码数不是很准……"

他平常不是这么粗心的人,样子又躲躲闪闪,陈母打量片刻,像是明白了什么,眼角眉梢都是失望:"是那个邵越留下来的?"

陈南一低下头,许久,轻声道:"是一个朋友的。"

"你……"陈母的声音顿时变得带了几丝酸楚,"你这个孩子。那个邵越害得你还不够惨吗?真是……"

她和陈南一在玄关处站着僵持:"你不是说你们没再见过了吗?"她苦口婆心地道,"你自己也说,你们两个不是一路人。人家翻篇了,你怎么就不能学着……?"

"不是邵越。"陈南一低声解释道,"是另外一个人。"

母亲愣了愣,静了片刻,再开口时嗓音都掺杂一丝哭腔:"南一,你听妈妈的话。你这样哪有个保障?好好的学不上了,难道像爸爸妈妈一样,念书、留校不好吗?你现在一个人在外面无依无靠的,就算靠着开店勉强能够生活,终归不稳定呀……"

上次对话是在电话里,只能听见声音,如今母亲站在自己面前絮絮哭诉,陈南一的道理与反问都被堵了回去。他沉默几秒,拉着母亲大衣的手肘处,轻轻抱了抱她:"妈,别哭了。"

"什么路都是自己选的,不能把责任都推给别人承担。不管有没有人陪我一起,我都会继续走下去。"陈南一缓缓说,"当初的事已经过去了。"

他拿过纸巾，递给母亲擦泪："我现在很好。"

昨晚发生在陈南一家里的一场对谈，贺昀迟并不知道。

凌晨三点，他在实验室里记录一组新数据，扫入电脑等待下一轮分析结果出来就回家。

破晓前的风很冷，夜空深沉，星月格外明亮。

贺昀迟走在路上，心想明天或许会是个晴朗的好天气。他边想，脚步边不自觉变得很急，几乎是快步跑回家，打开门，按亮屋内亮度很低的几盏壁灯。

陈南一在床上缩成一小团，触感柔顺的毛毯裹着他，几乎挡住了小半张脸。

贺昀迟悄悄盯了几秒，凑上去替他披紧毛毯。

陈南一睡得很浅，这一下便醒了，半睁着眼睛，下意识地道："贺昀迟……？"

"嗯。"贺昀迟轻手轻脚地蹲在床边。

"不是说有实验吗？"陈南一的声音听起来并不是很困，"怎么回来了？"

"待半小时就走。"贺昀迟将下巴抵在床边，心满意足道，"你继续睡。"

房间很快回归安静。

贺昀迟往实验室赶着，脑海中没来由地隐隐约约闪过午餐时和庄泽森的交谈。

尽管有过一段短短的感情，贺昀迟认为，自己仍然不懂得恋爱标准、感觉等与"喜欢"这个词条相关的复杂词义。

他的爱情可能是呆坐在餐桌前反复听一首钢琴曲的夜晚；可能是敢于轻装简行来找一个人时，在航班上见到的夜中云朵，也可能是深夜、凌晨的任意时刻，一切与其有关的清醒、睡梦。

⑪ 几个瞬间

次日清晨，陈南一醒转过来时，床边的数字时钟刚跳过七点。他侧身看了看，好像有一块被人躺过的痕迹。日光落在深灰色的床单上，褶皱似乎都更有温度了。

他坐起身，绒毯从肩膀上滑到腹部，露出的衣领稍乱了几分。

陈南一边刷牙，一边对着镜子摸了下自己颈侧那一小片睡出来的压痕，含着牙刷给贺昀迟发微信。他回复得很快，应该并不是很忙。

昨晚的实验做得差不多了，今天下午贺昀迟可以提前回家补觉，便盘算起到店里顺道接陈南一一起回家。但陈南一昨天送母亲离开时，约好今天下午到酒店去陪她喝下午茶。他想了想，回复贺昀迟说有事耽误，下午必须晚点回家。

陈南一的母亲住在望海路的一家酒店里，朋友女儿的婚宴也设在这里。陈南一按照约好的时间进到酒店大堂时，宴会厅附近正有一群人进进出出。新人的父母家人站在门口迎来送往，热闹极了。

母亲比约定的时间晚了三四分钟出现。她走过来，和陈南一一起远远看了片刻忙碌的婚宴现场，叹了口气，转身按下电梯，带陈南一去了行政酒廊。

陈南一几乎怀疑母亲是故意让自己站在那儿看这种其乐融融的温馨场景，但同时又毫无办法。或许在母亲看来，孩子按照家庭的期待念书、就业，最后结婚生子，该是每个家庭的命中注定，而他好像破坏了父母得到这种幸福的可能。

"还以为你会带朋友来让我见一见。"自从邵越父子的事情之后，母亲对陈南一的朋友总是不放心，甚至要求他带朋友一一见过。

母子俩选了个临窗的沙发位，落座后要了两杯咖啡。

经过一晚，陈母的情绪看起来还算不错，没有像昨晚那样失态。

她胸前别着的钻石胸针反射出星点夕阳光芒，陈南一没法正视母亲，视线局促地落在那枚胸针上。等服务生送过咖啡，他才回答道："您来得太匆忙了，他什么都没准备，下次吧。"

陈母目光有些复杂地看着自己的儿子，端着咖啡杯，半晌才说："你把他夸得那么好，还不敢带来见我？"

陈南一短短笑了一下，并不掩饰自己护短的行径："您总要让他准备准备。"

"他是做什么的？"陈母放下咖啡杯，加了一块方糖，用小勺搅了搅，例行问道。

11 几个瞬间

陈南一稍有犹豫，避重就轻道："做科研的，一直待在学校里。"

这个回答还算差强人意，陈南一清楚母亲职业习惯带来的偏好，补充道："能力很强，人也很单纯。"

他说着，忍不住露出一个浅笑："之前他还把学校发的银行卡拿给我看。"

"我也见过他的家人。"陈南一微微倾身，对母亲道，"都是很好的人，绝不会像邵越的父母那样。我觉得已经很好了，妈。"

来之前陈南一打过腹稿，话讲得还算圆满。

陈母听完，脸色仍旧忧郁，或许是因为不太想再和许久未见的儿子起冲突，尽管几次欲言，最终还是没再多说什么。

今晚参加完婚宴，陈母第二天就返程。陈南一离开行政酒廊时问了一句航班时间，打算送她去机场。

"您明天在酒店等我。"陈南一走出电梯，道，"我给您和爸爸买了几样东西……都是平常随手买的，明天我带过来。您回去就说是自己买的吧。"

陈母笑了笑："你爸爸就是嘴硬。说不要你的东西，其实你以前托小王他们送回去的，他都留着呢。"

陈南一跟着弯弯嘴角，心里觉得好受些许："嗯。"

说罢，他和母亲简单拥抱道别，重新穿好外套，走出酒店到路边打车。

天色向晚，道路两侧早已霓虹闪烁。

下班时间很难打到出租车，陈南一在冷风中站了一会儿，用叫车软件叫了一辆车，便把手缩回大衣口袋里捂着。

恰巧这家酒店对面就是朋友的木艺工坊。他望着那个刚刚点亮的店招灯牌，回忆起上次跟贺昀迟一同过来的场景，很难自控地低下头轻笑起来。

他叫的车缓缓从右侧路口开过来，陈南一拿出手机对车牌号，才发觉十几分钟前贺昀迟发过一条消息问自己人在哪里。他钻进车内，敲了几个字问贺昀迟是不是在家。贺昀迟好半天才发回一条"是"。

陈南一放下心，说自己马上从店里回去。前方路口变了绿灯，车子发动向前。贺昀迟没有再发消息过来，陈南一没多想，便收起手机漫无目的地朝窗外看了看。

木艺工坊门口还有两棵几天前装点气氛的圣诞树，裹着许多圈彩灯。

陈南一转过脸，把注意力收回到前方，并没留意那个从门口缓步走出来的人。

圣诞树旁，贺昀迟手拎一个印着木艺工坊 logo（商标）的纸袋，低头扫了一眼还停留在聊天界面的手机，皱眉看着陈南一坐的车徐徐汇入车流，一言不发地走到路边，伸手拦下一辆车离开了。

他到家时陈南一正在准备晚餐，餐桌上有两道菜，是从店里带回来的。

陈南一忙着煎一条鱼，听见玄关的动静，回过头冲他笑了笑："你不是说在家吗？"

"出门去买东西。"贺昀迟抬手给他看了看便利店的塑料袋，"今晚可能还要去实验室。"

"一定得连续熬夜吗？"陈南一听着有点担心，"会吃不消吧。你昨天就没睡。"他将锅里的鱼盛到餐碟里，洗着手说，"要不要我等下做点东西……"

"不用了。"贺昀迟不知何时挂好了外套，只穿着一件衬衫走过来，看他做饭。

陈南一的手上还满是水珠，不太方便乱动，他只能朝后拐拐胳膊肘道："那先吃饭吧。"贺昀迟却根本不听，反倒凑得更近，像是检查他身上有没有什么与往常不同的气味。

"你晚上还要去实验室，吃完饭赶快去休息。"陈南一见他一直不动，催促道，"贺昀迟……"

贺昀迟表情看不出什么，他坚持要凑到料理台附近，像是刻意来捣乱似的拱来拱去，好半天才消停下来，低声问："你下午在哪儿？"

这句话问得没头没脑，陈南一反应片刻才觉得好像有些不对，看着他说："下午？"贺昀迟点点头，正要说什么，沙发背上搭着的一团衣服里却不巧传来突兀的手机铃声。他扫了一眼墙上的数字钟，发现早过了预约实验仪器的时间。

"先接电话。"陈南一担心是老师找他，推了他一把，提醒道。

来电人是贺昀迟的师妹。她等了快一个小时，还没等到贺昀迟，以为他是补觉过头："师兄，你还来实验室吗？"

"嗯。你已经开始了？"

"我做完第一轮了。"师妹大概是以为他在补觉，倒没有抱怨的意思，很体谅贺昀迟刚熬过一个通宵，"但是那个方案设计有个地方——就是基因剪接之后的部分，上次许老师不是说要改一下吗？"

贺昀迟皱眉道："那部分内容有微调，我来做。"

"好，那我等你哈。"

他挂了电话，随便套了一件毛衣，转过身看着陈南一。陈南一见他盯着自己，主动提起："你是不是赶着回学校？有事回来再说吧。"

贺昀迟顿了顿，点点头，就拿起外套出门了。

可能是实验进展不顺，陈南一原本打算等他回家，迷迷糊糊间又睡着了。他被闹钟叫醒时，身旁的位置仍然是空的。

母亲的航班起飞时间较早，陈南一匆匆洗漱过，找出放在家里的一些补品，打车赶往酒店。他去时城市还是一片宁静，回家却正赶上热闹的早高峰。路上他发短信问贺昀迟要不要自己送早餐，一直没收到回复。他便猜贺昀迟大概是回家了，没有再发消息，免得打扰对方休息。

　　打开公寓门，果然就看见了那双熟悉的鞋，陈南一放轻动作，走进卧室。

　　贺昀迟睡得正熟，睡姿不太好，头发乱成毛茸茸的一团，脸埋在陈南一的枕头里，手边几寸外扔着他的手机。室内温度适宜，贺昀迟连绒毯都踢开了一点。陈南一走过去替他拉高了毯子，盖住裸在外面的手臂。他刚要直起身，一旁的手机屏幕正巧亮了起来，两条未读消息的内容明晃晃地显示在锁屏界面上。

　　最下面的那条是半个多小时前陈南一自己发的，上面的一条则来自另一个人。

　　因为贺昀迟的社交圈非常简单，所以他的微信好友的备注都很明确。除了几个相熟的朋友，其他人的备注大多是"×老师""××级的谁谁"或者研究方向加上一个师兄师姐之类的称呼。但发这一条消息的人例外，没有备注身份，只是一个"Anna"。不知之前他们谈过什么，最新的消息内容口吻格外亲昵："好呀，等你回美国我们再一起吃饭。"

　　陈南一心知不该窥探人的隐私，可屏幕一黑，他不由自主地悄悄按了一下锁屏键，重新读了读那条微信。

　　再读两遍，他忽然回想起早前贺昀迟的母亲和张阿姨讨论过的那个相亲女孩，便默默放下手机，起身带上卧室门，躲到客厅发呆去了。

　　陈南一盘腿坐在沙发上，打算看看书分散注意力。

　　小咪晃过来，很难得地主动跳到他的腿上蹭了两下。

　　陈南一有一搭没一搭地抚摸着猫咪，魂不守舍地回忆着贺昀迟母亲的态度。

　　贺昀迟从未和他提起过跨年前在家发生的那场争吵。不过以陈南一对贺昀迟的母亲浅浅的接触和了解来看，他猜想那场对话大概非常激烈，母子两人都很固执，八成也都是不肯让步的。

　　陈南一又望向卧室，自我安慰那条微信只是贺昀迟碍于种种原因不好拂对方的面子。他尝试把注意力重新放到手中的书上，但看了好一会儿，那两页纸上的字没有一个进到他的脑内。猫咪似乎都不耐烦了，抬起爪子抓拉了一下书脊。陈南一醒过神，瞥了一眼时间，居然快到中午了。

　　卧室那边仍然很安静，陈南一进厨房做了两道菜，才听见卧室的门发出不大的一声声响。贺昀迟睡眼惺忪，走出来四下一看，没头没脑地就往他身边贴。

　　陈南一背对着他，控制好情绪，温声道："吵醒你了？"

"没有。"贺昀迟说着,帮忙递了一下调味料瓶,"你今天很早出门?"

"嗯。"陈南一有点心不在焉,随口道,"有事要办。"

贺昀迟慢慢清醒过来。他不怎么高兴地拱了拱,道:"你昨天下午也是有事?"

"昨天下午?"陈南一取出那道烤好的大罗氏虾,想起昨晚贺昀迟就抓着这个问,不禁略带疑惑地转过身问他,"昨天下午怎么啦?"

"我发短信的时候你说你在店里。"贺昀迟低声道,"但我看见你从木艺工坊对面的酒店出来。"

陈南一愣了愣:"你……"他放下餐盘,无奈地笑了一下,"你怎么在那里?"

贺昀迟被他反问得一怔,迅速找出一个理由,语焉不详地道:"那边有家跟我的导师合作的公司。"

"噢。"陈南一不疑有他,把菜摆好,拉着他走到餐桌边,"我去酒店见一个人。"

他见贺昀迟一副着急想追问又压着不开口的样子,忍不住笑道:"是我妈。"

这个答案出乎贺昀迟的预料,他短暂地呆滞几秒,立刻站得笔直,道:"阿姨来了?"

陈南一失笑:"早上我就是送她去机场。她只是过来参加一个朋友女儿的婚礼,没待很久,你别紧张。"

"我家里的情况你也知道一点。"陈南一倒好两杯水放到桌上,"我爸妈的想法很传统,他们一直都没办法接受我退学。"

他同贺昀迟对视,说道:"说有事不带你过去,是因为我还没来得及详细地和她介绍你。自从退学以后,他们对我交朋友都比较紧张。"

贺昀迟没有开口打断,听陈南一说完,才用力按了他的肩膀一下。

口袋里的手机又发出嗡嗡的振动声。他拿出手机,看见来电人,便对陈南一示意自己要接个电话,朝一边走开几步,滑开接听。

陈南一也看清了来电显示,脸色一黯,垂下眼睛,回过身继续摆放餐具。

他隐隐听见贺昀迟说话语气很温和,不像平常对其他人那样带着点多多少少的距离感,越发感觉心里五味杂陈。

过了好一会儿,贺昀迟才结束通话,坐回餐椅上准备吃饭。

他给陈南一夹了只虾,陈南一食不知味地吃完,抿着下唇,故作自然道:"刚才是谁的电话?"

⑫

墨绿色眼罩

贺昀迟看了一眼手机,大大方方地递过去,展示最新的通话记录:"是Anna。"

他一点不遮遮掩掩,反而让陈南一愣了愣。他没接手机,转而给贺昀迟夹了一筷子的菜,含糊不清地嗯了一声。

这顿饭快吃完了,贺昀迟才想起自己好像还没有介绍过这个人。他随手点开通讯录,给陈南一看Anna的头像照片,补充道:"这是我大哥的未婚妻,他们马上要结婚了。"

陈南一怔了几秒,把他的话在脑内反复过了几遍,不禁有些脸热,推开手机,埋头道:"……哦。"

他巴不得赶紧把这个乌龙一笔带过,贺昀迟却不依不饶起来。

不说还好,一说陈南一越发觉得心虚。他站起来收拾自己的餐具,敷衍了一句。

贺昀迟坐在原位上,等他再走过来端起餐碟时,忽然抓住碗边不让人走,眼角眉梢有点藏不住的得意:"你是不是以为是冉雯啊?"

他说得很肯定:"对不对?"

"……"虽说方向有点偏差,但事实确实没猜错。

陈南一没料到他这回这么敏锐,窘迫得耳根都热了,辩解也显得格外苍白:"不是。"

贺昀迟听不进去,自顾自地凑上去观察他。

陈南一只好无奈地笑笑,坦承道:"好了好了。"

"不是你想的那样,不过……"陈南一轻声说,视线落在贺昀迟的眼睛上,"我是看见备注……"

尽管他刻意吞掉了最后的几个字,贺昀迟唇角的笑意还是变深许多。他主动拿起手机,打开相册给陈南一看:"她真的是我哥的未婚妻,我有在家拍的合照。"

贺昀迟说着,手指滑过几张平常保存的实验相关的图片,往前翻着那张不久前才拍的合照。

陈南一认为没什么找的必要,正打算叫住他,突然呆了一下,按住他的手,往后滑了一张照片，诧异地道："这张怎么好像是我啊？"

贺昀迟动作一僵，手疾眼快地要把手机收回去，避重就轻道："合照可能在电脑里。"

陈南一对这套已经免疫了，眨眨眼睛，拽了一下他的手腕："拿过来啊。"

贺昀迟低头跟他对视片刻，别开脸，慢吞吞地把手机递了出去。

陈南一仔细看了看，是一两个月前的照片了，镜头不稳，画面有些失焦。

照片里自己戴着常用的墨绿色缎面眼罩，应该是正在睡觉。

他端详片刻，对照片里的那件衬衣生出些模模糊糊的印象："是你带着希希来店里找我的那天……？"

贺昀迟点点头，推卸责任道："贺希捣乱拍的。"

"哦？"陈南一把手机还给他，反问道，"那你为什么没删掉啊？"

贺昀迟被问得答不上来，噎了片刻，只能气恼地丢开手机。

见他理亏，陈南一抬手揉着自己的下唇，低笑道："贺昀迟，你不要什么都推给希希。"

贺昀迟沉着脸，抬手在他的额头上敲了一记，眉头才舒展些许，学着他的语气说："你不要总是帮着那个小鬼。"

"贺昀迟，"陈南一好气又好笑，连忙拉扯他胡乱动作的手，"你二十几岁了怎么还跟几岁的小孩子斗脾气？"

贺昀迟冷静否认道："没有。"

与贺昀迟的通话结束不久，旧金山才过了晚上九点。

Anna 抬起头，望见别墅推拉窗外扫过一道车灯发出的光束，没几分钟便听见有人开门上楼的轻微声响。

"Anna？"任钧夹着电脑，端着一杯茶从书房门口经过，倚在门边敲了两下门，对坐在窗边的女人微笑道，"什么事这么开心？"

"是你弟弟。"Anna 晃了一下手机，"他现在好像变了一个人。"

"小迟给你打电话了？"任钧来了兴趣，"他说什么了？"

"我喝下午茶的时候他就和我聊了好一会儿。"Anna 说，"一开始在聊他和贺阿姨吵架的事，不过后来聊着聊着话题就跑远了。"

任钧不由得失笑。

她侧过脸，细长的眉毛微微一挑："话说回来，贺姨那边的态度怎么样？"

"气还是消了不少的。"任钧脱下外套，揽着她的肩说，"事在人为，慢慢劝吧。"

"嗯……贺昀迟说最近新交了一个朋友，还问我什么时候可以带朋友来美国见见我们，又说最好是下个月的春节。"Anna 忍俊不禁，"我都要好奇了，他怎么这么迫不及待？"

"我真是头一次见他这样。"任钧感慨道，"我来和他聊几句。"

吃完午餐，陈南一困得要命，但睡没一会儿，又醒了过来。

贺昀迟靠在一边，正用 iPad 看着文献，见他醒了，丢开平板电脑，像只大型犬一样凑过来。

"我哥刚才给我打了个电话。"他的声音一听就不太高兴。陈南一心里一沉，紧张道："怎么了？有什么事吗？"

贺昀迟朝后退了点距离，回答道："我想下个月带你去美国。"

陈南一舔了舔嘴唇，说："快放寒假了，你春节要回家吧。担心我一个人过春节啊？"

他笑着安抚"大型犬"道："这个你放心，不会的，每年春节都有林昂和林姨他们陪着。而且……你上次跟阿姨闹得那么不愉快，这次回去不应该再跟她吵架。"

陈南一继续说："尽量好好谈，如果她还不能消气——"他略一停顿，无奈又平静地笑了笑，"也没什么意外的。无论如何，至少过一个开心的年。"

贺昀迟听完，回想方才大哥在电话里说的内容，认为不无道理，不再坚持，点头道："我只去几天就回来。"

陈南一放下心，坐起身，慢慢披了件衣服，继续叮嘱道："父母的观念可能会很难扭转，原则问题没法退让，其他事情就尽可能多体谅一下吧。"

贺昀迟小声道："嗯。"

⑬
Acknowledgements

严格来说，贺昀迟的寒假并不长，只有两周左右。

这次回家过节，如果从航班离港的那一刻开始算起，他没见到陈南一的时间大约长达五天。春节过完的第二天，贺昀迟就买了机票，返回A市。

陈南一收到消息，提前大半个小时来了机场，在到达口等人出来。他穿一身浅咖色的大衣，还是几天前送贺昀迟离开时的样子。

大概是从任钧那里得知了贺昀迟在家表现勉强称得上良好，回家途中，陈南一半是紧张半是好奇，忙着询问贺昀迟的家庭气氛和母子关系的诸多细节。

贺昀迟答了一路，进到公寓里时终于有些忍不住了，打断他的话道："陈南一。"

"嗯？"陈南一把行李箱搬进来，关上公寓大门，转头看着他。

"你的问题好多。"贺昀迟外套都没脱，推着陈南一，低声抱怨道，"回来到现在，你一直在问问题。"

陈南一眼睛弯弯，视线慢慢落到面前人有些干燥的两片唇上，很好商量地说："你也可以问我。"房间内的温度上升得很快，落地窗边缘蔓延出一小块朦胧的影。

旧金山的天气与A市相仿，贺昀迟衣服穿得足够，风也没吹多久。但直至进了陈南一的家门，他才觉得飞行刚刚落地，世界逐渐回温。贺昀迟心满意足，同陈南一正经交代起家庭交流成果："过段时间，我妈会过来一趟。"

陈南一有些疑惑："嗯？"

"她提的。"贺昀迟说。

陈南一对此深感意外，不太敢相信。然而贺昀迟并没有说假话。

一两个月后，贺母如期回国，探望过贺昀迟大病初愈的外婆，并且专程来了一趟A市，约两人一起吃饭。

看得出她仍然对母子吵架一事持消极态度，不过是愿意先退让几分。

陈南一没有期望太高，知道能坐下来吃顿饭就很不容易。席间他并不多话，偶尔开口回答一些随机提出的问题。

之前贺母就见过陈南一一面，这次的态度明显不如初见时热络。

这顿饭吃到尾声，贺母打了个电话给自己的助理，让助理带好行李在酒店楼下叫车去机场。

"老任身体不好，我急着回去处理事情，就不多留了。"她对桌上的两人简单交代一番，从自己的手提包里取出墨镜擦了擦，预备戴上离开。

陈南一忙拉着贺昀迟起身送她。

三人走出酒店的玻璃门，远远望见助理站在叫好的车附近，冲他们点了点头。

车缓缓发动，向这边开近了些许。

一直走在前面的贺母忽然顿住脚步，稍稍侧过身，淡淡地问："暑假还要做实验？"墨镜挡住了她的大半张脸，让人看不清表情，反而更听得懂语气。

贺昀迟注视母亲一会儿，回答说："应该有空。"

映出两人身影的墨镜微微晃了晃，镜片后的贺母好像在认真打量已经完全长成大人的儿子。静了片刻，她才浅浅点头，道："小陈有空吗？"

陈南一怔了怔，反应慢了半拍："有的。"

"今年还是去埃兹，你们——一起来吧。"她说罢，转过身，踩着高跟鞋下了台阶，拉开车门坐进车里，降下车窗，最后看了他们一眼。

贺昀迟站在台阶上，头一次主动挥了挥手，道："谢谢妈，路上小心。"

"那个度假……我真的要跟你一起去？"回到家里，陈南一还是有点浮在空中的不真切感，坐在沙发上呆呆地问。

"嗯。"贺昀迟答得迅速，"我妈都开口了。"

陈南一没说话，仍旧在愣神。他这副样子很少见，贺昀迟盯了一会儿，在陈南一眼前晃了晃手。

他的动作弄得陈南一慢慢回过神，径自低下额头笑了笑，低声道："干什么啊？"

"你不用回学校吗？"陈南一继续说。

最近贺昀迟在家待的时间明显减少，似乎很忙碌，今天下午算是难得多待一会儿。

陈南一本以为贺昀迟刚刚是又要凑上来胡闹，没想到对方却直起身道："帮我一个忙。"他不解地看着贺昀迟进了书房。

片刻后，贺昀迟拿出常用的iPad递过来："这篇被接收的文章昨天改完了，要校对一遍。"

贺昀迟拉陈南一坐到地上，指着屏幕说："改过的地方我都标注了，我用手机念一遍，你帮我看看有没有问题。"

陈南一审视片刻那一整屏的专业英语，顿了顿，别过头道："你确定要让我看吗？你的同学应该更专业一点吧。"

贺昀迟右手把 iPad 塞到他手里，左手摸出自己的手机，道："你看吧。"

虽然莫名其妙，但陈南一没有再多说什么，照他的要求低头看起来。

这篇文章长度还好，中间大段的实验内容都没有标注，陈南一就顺着贺昀迟的领读匆匆拉了过去。

他今天精神高度紧张，听到后面不免觉得有些催眠，打了个哈欠，发现快滑到底部，应该是要对完了。

"Acknowledgements.[2]"贺昀迟的声音低沉温柔，礼节性的词汇也被他念得宛如誓词般动听。

陈南一打起精神，主动朝下滑了一些，认真替他看那些字句。

开头是很标准的一段内容："We acknowledge the support received from the...[3]"

风吹起落地窗的浅色纱帘，擦到了陈南一屈起的腿。他忍不住分了几秒钟的神，望向窗外，初春的天气与深秋非常相似，冷意还未消散。

午后的日光透过窗，落到他们肩上。

贺昀迟语速平稳，徐徐念下去，直到结尾。

"In particular, thanks to support and company from Nanyi Chen over the passed time. I hope to be your companion through life. Thank you always be my side.[4]"

他念完后，室内静了许久。

陈南一闭上眼睛。

他想，在过去无数个失意、与父母争吵的瞬间中，大概也曾有过动摇与放弃的念头。但无论如何，他十分庆幸走到如今。

每个人对世间的最高幸福定义都不相同——

对陈南一而言，即是此刻。

2　致谢。

3　"非常感谢本次研究中提供帮助的以下单位……"

4　"特别感谢陈南一在过去这段岁月的支持与陪伴，我希望能与你成为一生之友。谢谢你，谢谢你一直在我身边。"

⑭

番外・零碎片段

一·关于称呼这件小事

七月的时候，贺昀迟与陈南一抽出时间，一起去埃兹参加了为期一周的家庭休假活动。陈南一没有来过南法，贺昀迟牵着他，带他在依山而建的小镇老巷里穿行，买了一些小编织品作为送给朋友们的礼物。

宋亦杉最近刚刚与同校的一个男孩确定恋爱关系，为悦己者容的心思格外浓厚。看过陈南一拍的几张照片，她就拜托他帮自己随便带些礼物回来。

两人逛的时间不长，晚餐前返回别墅。他们在楼下坐了片刻，其他人也陆续从楼上下来，一起用晚餐。贺母带贺希去了附近的多肉植物园，提前说过晚餐不会回来吃。任钧夫妇和任钧父亲的脾气都不错，餐桌上的气氛很好，基本没有冷场。

"小陈以后还有回学校的打算吗？"任父和蔼地问，他的企业本身也是做食院几个特定方向的科研合作业务，与陈南一很有话聊。

"看情况吧。"陈南一笑了笑，"工作之后确实也有点怀念在学校念书的日子。不过店里人不多，短期内应该很难有空。"

"好了，爸，您还嫌我们家泡在学校里的人少啊？"任钧开口打岔，开了一瓶Corvina（可尔维娜，意大利威尼托地区的重要红葡萄品种）的红葡萄酒，"特地带过来的，您尝尝看。"

那瓶餐酒度数稍高，陈南一陪着喝了一点，虽然没什么不适，脸上却还是泛了些红。

贺昀迟见他连着喝掉两杯，不大乐意让大哥继续倒酒了，找了个借口，带陈南一回了他在三楼的房间。

"我没喝醉。"陈南一说。他并不想逞强，是觉得意识确实还算清醒："我们就这样上来会不会不太好？"

"任叔不会介意这种事。"贺昀迟坐下来，看着他的脸说，"晕不晕？"

"不晕。"陈南一放下心，晃晃脑袋，懒洋洋地打了一个哈欠。

他并没躲开贺昀迟的注视。

"你想回学校读研吗？"贺昀迟突然问。

"嗯？"陈南一半眯着眼睛，听他又提起这个话题，思考数秒，抬头道，"是想过回去念书，但本专业继续读下去也是做科研，我已经离开了太久，可能不合适吧。"

他说着微笑起来，略微抬头看着贺昀迟的脖颈："你想要我回学校？"

陈南一说："是想让我也在致谢里提到你吗？"

贺昀迟的头更低几分，与他对视，像是觉得这个主意很不错，低声回答道："不用那么麻烦。现在说就可以。"

陈南一笑意加深，又道："不过工作太久了，回去读研，跟同学相处应该也有点奇怪。"

说罢，陈南一顿了顿，并不想把自己那点小小的遗憾情绪放大。他有意转换话题："要是在课题组，我是不是还得叫你师兄啊？"

他只是随口一句玩笑，贺昀迟却转过脸，很认真地盯着半醉的人，握着他的肩，朝后推了推，半真半假地说："那你先练习一下。"

陈南一被他看得不自在，强词夺理道："小杉都叫我师兄，你跟她一届，怎么算也不是我叫你……"

听他这么说，贺昀迟露出一个十分大方的微笑，半是戏谑半是认真地道："师兄。"

"……"明明是很正常的两个字，陈南一听得脸上涨红，移开视线道，"你别这么叫。"

"为什么？"贺昀迟按着陈南一的肩膀，让他没法挣脱，接着又论起道理，"宋亦杉不是这么叫你吗？"

陈南一的酒意少了许多："贺昀迟，别闹了。"

"其他人都怎么叫？"贺昀迟问，好像仅仅是在和他讨论再正常不过的学校经历，"是叫陈师兄？"

陈南一根本不想跟他讨论这种无聊的话题，紧咬着牙关不开口。

他不说话，贺昀迟也没有一点不高兴，嘴里仍然都是让陈南一恨不得关上耳朵的称呼。

直到看见陈南一脸上带了薄怒，贺昀迟才停下来，心情很好地松开按着他肩膀的手，音量不高，黏黏糊糊地叫了一句："师兄好。"

于是陈南一一整晚的脾气就又散得干干净净了。

但他想称呼这件事大概还是没法让步的，便只是勉为其难地转头看了看贺昀迟的脸，轻笑着小声道："贺同学，你好。"

二·《陈南一不能看的隐私》

鉴于贺昀迟是非常有时间观和计划概念的那类人,陈南一从他新搬回家的杂物箱里发现一本用过的时间管理类记事本时,并不是很意外。

临近研三开学,贺昀迟淘换了一批常用的学习生活工具,但又颇为恋旧地没有扔掉旧的,便带回了家里。

那个杂物箱一直摆在书房角落里,陈南一起初并没有注意。不过今晚例行店休,他回家很早,忽然起了整理的心思,便盘腿坐在地上,一件一件地帮贺昀迟归类放好。

线圈记事本大概是唯一一件不太好分类的物品。

陈南一翻开几页,发觉这大概是贺昀迟 to do list(必做清单)一类的东西。日期从去年夏天开始,直至今年年初,笔迹利落漂亮,内容简要,一行日期下即是数项预先写好的学习工作安排,或打钩或打圈,最后则是当天补上的随笔。

陈南一读了几行,觉得这勉勉强强可以不算作隐私,便继续翻了下去。

贺昀迟写得很简略,生活琐事都变成了一个个关键的名词。

陈南一读到一条,想起那张简直不能再看第二次的照片,耳朵尖发红,却又忍不住咪咪笑起来。他有点想拿着证据找人兴师问罪,低头又看了两遍,随手拿起杂物箱里的一支笔,在记事本上画了几下。

他刚写完,就听见玄关处传来一声密码锁开启的动静。

贺昀迟拎着一只背包,拉开门走了进来。见到陈南一在家,贺昀迟整个人瞬间放松了,换好鞋子,懒洋洋地走过来:"忘记今天店休了,刚才还去店里找你。"

他的声音听起来有点疲劳,陈南一立刻把兴师问罪的事抛到脑后了,道:"又在实验室待了一天?很累?"

贺昀迟没吭声,手搭在自己的腰上,回应似的摸了几下,才说:"有一点。"

陈南一笑了笑,很配合地安慰道:"不要太辛苦。"

贺昀迟嗯了一声,注意到他手里拿着的东西,扫了一眼,有点意外:"这个笔记本……"

"噢,我在整理书房。"陈南一退开一步,晃晃手中的笔记本道,"这要放到哪里？"

贺昀迟镇定自若地拿过来，说的话很有此地无银三百两的意味："实验记录而已，我自己收。"

陈南一用一种抓到小孩偷拿糖果的眼神看他，边递过去边笑："嗯，你自己收好吧。"

贺昀迟见势不对，没直接接过来，握住他的手腕，反客为主地小声道："你偷看我的东西？"

陈南一微笑道："那你下次在上面写一个标题——陈南一不能看的隐私。"

贺昀迟顿了顿，一时想不到反驳的话。正儿八经讲道理，贺昀迟还是不太能占到上风。

其实也没什么不能看的。

他转转眼睛，快步抱着自己的少男心事记录册回书房去了。

陈南一含笑靠在沙发边缘，看贺昀迟颀长的背影立在书架前，觉得刚刚自己写了什么好像也不用特地告诉他。

因为心事总是待人自行发现。

《陈南一不能看的隐私》摘录：

8.27
居然会有人离心离反。
9.15
捡到一只猫。
9.16
周末吃饭。
9.17
周末吃饭。
9.18
周末吃饭。

…………

10.6

做了一束花。

也不是很难。

10.15

以后不喝酒了。

10.23

吃到饭了。

贺希很烦。

10.24

照片不错。

贺希很烦。

…………

12.30

希望航班准点。

1.1

新年快乐。

我会一直陪着你。

1.30

应该不会被拒绝。

毕竟文章已经发出去了。

同一页的另一类笔迹：

"Thanks to company from Yunchi He. I will always be there with you.[5]"

"– Your lifelong partner.[6]"

5　感谢贺昀迟一直以来的陪伴。我会永远与你并肩同行。

6　你的一生之友。

⑮

番外·爱好

"学长学姐,咱们组的暑期实践快结束了嘛,我们几个想请贺教授还有大家一起吃顿饭,选哪里比较好呀?"

下午三点,实验室里哈欠连天,几个大三的学生凑在一起商量几句,便在实验室的学生们私下组建的小微信群里发了条消息。

"投校门口 One Day 一票,我极其确定,贺老师特别爱吃门口那家创意菜。"课题组内研二在读的小苏率先作答,一边站在细胞仪旁调整样本,一边抽空躬身在电脑上打字回复。

"反对,贺老师肯定特挑食,他是天天自己带饭的好吗?每次的盒饭都可丰盛了,我至少已经在实验室遇见过 10086 次。其实我挺想尝一口的,有人蹭过贺老师的饭吗?"

"想蹭+1。"

"师弟你平常观察不仔细也就算了,什么时候逻辑也变差了?平常带饭和爱吃那家店的菜有什么矛盾吗?"

"好吧好吧。"

"呜呜呜呜呜——求求了,学姐的消息靠谱吗?下学期研究生推免我们超想进本组的,拜托拜托!"

"Trust me(相信我)!课题组提议去那家吃饭贺老师就没有拒绝的时候,而且每次吃完都不会再回实验室,我们可以早点溜号,比在线作法还管用!"

"确定不是因为贺老师和那家店老板是朋友吗?他们经常一起回家吧,我看见过好几次耶。"

"重点错!现在是讨论学弟学妹请我们吃什么……"

"学弟学妹不是请我们,是投老师所好。"

"话说回来贺老师爱好啥呀……科研吗?我待组里快一年了根本没看他平常有别的爱好。"

群内八卦得热火朝天,消息刷得飞快,所有人埋着头兴致勃勃地打字聊天,丝毫没注意门口的玻璃上闪过一道镜片折射的光,有人正稳步进门。

"瞎说,贺老师会做木工,不过这个难度太高了建议手残党退散。"

"老师还会下厨，我上次去 One Day 吃饭还撞见过他在后厨拌沙拉！"

"喂！拌沙拉也叫会下厨吗？"

"哇，这种组内秘闻是我可以听的吗？！"

"总而言之——"小苏胸有成竹地在电脑上敲下一行字，"去那家店就对啦，不信的话，学妹你可以去搜搜教授 24 岁发在 CDD[7] 的那篇论文来读一下，致谢有惊喜。"

"什么惊喜？展开说说！"

眼看学生们再聊下去就要曝光自己的青涩历史，已经走到小苏背后的贺昀迟慢条斯理地拿起桌角的实验记录，翻了几页，屈起食指敲敲桌面道："做学术的人思维要开阔一些，关注前沿。"

贺昀迟推推眼镜，目光锐利地扫过大气不敢出，纷纷低下头做认真状的学生们："比起我学生时代发表的那篇文章，我还是建议你们抽空读一读近几期 PNAS[8] 和本组刚被 Development Cell 接收的文章，对你们手头的课题更有参考价值。"

说罢，他转过身，持续不到十秒的威严迅速被收敛起来，向学生指出一处实验记录中的矛盾后施施然走出实验室，扔下一句："文章接收了，明天全组聚餐，晚餐，老地方，小苏记得拿票回来找我报销。"

实验室里鸦雀无声，隔了几秒，聊天群内立刻整整齐齐地冒出一排又一排的感叹号。

"就说选 One Day 不会错吧！！！"

"今天有几个新面孔，又要收学生啦？"

吃完晚饭，课题组的学生们热热闹闹地换地方续摊去了。贺昀迟一贯尊重学生们的同辈娱乐空间，很少参与此类活动。此刻人正坐在已经收拾过一轮的餐桌前，认认真真地吃陈南一剥给他的虾。

7　指学术期刊：Cell Death&Disease

8　亦指期刊，全称：Proceedings of the National Academy of Sciences of the United States of America

"应该会有两个推免的。"贺昀迟点评道,"很聪明,性格也不错,吃饭的时候还知道替小苏解释。"

他喜欢白灼虾的鲜甜滋味,嘴里说着话,视线却没离开陈南一剥虾的手,有点巴望似的,与鼻梁上那副略显古板的无框眼镜不大相称。陈南一瞟他一眼,不由得笑了,三两下把手里那只虾剥干净递了过去。

"替小苏解释什么?"说话的人又拿起最后一只虾。

"请我吃饭不是想学术贿赂。"贺昀迟讲得平淡,"怕出错,所以让小苏推荐地方。"

"小苏推荐这里了吧。"陈南一失笑,将虾仁蘸上少许特制的酱油。

油星溅出几滴,贺昀迟图方便,就着陈南一的手吃掉那只虾,心满意足地点了点头:"你怎么知道?"

"校内的论坛还有学生那些交流群……林昂天天刷,替店里招兼职,偶尔看到过你的名字。"

贺昀迟很少浏览这些信息,猜想不外乎是些和导师拉近关系的经验帖。他拿起放在餐篮里的湿毛巾,递给陈南一,追问道:"怎么说的?"

"说动科的贺教授很厉害,文章发得多。"陈南一笑眯眯地道,"人是严肃一点,脾气不坏的。另外——经常在校门口的料理店出没,比学院办公室好偶遇。"

贺昀迟低着头,也笑了,想起下午看到的聊天记录:"难怪连大三的小孩子也知道投其所好。"

陈南一反倒很为他考虑地说:"要不以后你还是少来店里,饭可以回家吃。"

"都可以。"贺昀迟十分容易接受陈南一对他的生活细节的一些安排,思维简单地补充道,"忙的时候我再过来。"

陈南一望着他,觉得贺昀迟那双乌黑的眼珠亮得有神,仿佛没有理解自己想维护他校内风评的心,露出一个无奈的笑,转移话题道:"中秋节有时间吗?一起回我家……休息两天?"

"有。"贺昀迟反应很快地说。

"不要买什么东西了,不一定能在我父母家吃顿饭。"陈南一怕他又铺张浪费地买一大堆礼物,"回家喝杯茶我们就去度假酒店吧。"

"嗯。"贺昀迟答应得爽快,心里却屡教不改地盘算着也许还来得及让大哥再从国外抓紧寄一些东西过来。

这两年陈南一和父母的关系缓和,逢年过节,总算能回家看看。虽然大多数时候是以不太愉快的结尾收场,但贺昀迟很有信心。

他放下毛巾，任晚风将自己微微沾湿的手掌和近在咫尺的陈南一的手指吹得干燥温暖，似是无意地碰了碰陈南一的指尖，与抬起头的人恰好相视一笑。

总能坐下来一起吃顿饭的，贺教授忽然十分确信。

因为即便是原则坚定的贺教授，也只是能够拒绝大部分，总有一些礼物会特殊到贺教授或是贺昀迟都不能抗拒。

喜欢的，重要的，与特别的人相关的……

他的爱好。

柔软的轻盈 后记

非常感谢耐心看到这里的读者，能耐心读完一个故事，对它的创作者而言是一种值得珍惜的尊重。

在此前与读者的一些交流中，我解释过为什么称贺昀迟与陈南一的关系为柔软关系，最直接的原因是，在创作这个故事之前的那个夏天，我看过一场同名的装置艺术展览。当然，我不是什么专业鉴赏人士，走马观花般看完一圈，脑内只留下一些浅浅的关于泡沫、粉色和几何线条的印象。

无缘由的是，这些要素给了我一种微妙的、贴合理想化关系主题的感触。几个月之后，某个下过一场小雨的闷热下午，我百无聊赖地趴在床边翻书，隐隐破开云层的斜阳映在床边，竟然掺杂些许微妙的粉色。迟迟来临的日光令我又想起那场展览，我爬起来，支着下巴坐在桌边，敲下了这个故事的第一个字。

如今，这个有点温瞰的故事早已获得了比我下笔时所以为能取得的多得多的喜爱。我再读完一遍，回想起那个着笔的傍晚，觉得也许是现代社会的一切都太快，似乎没有东西可以慢下来，快得克制而压抑，任何关系的高潮时刻也只是自我一刹那的舒展。许多时间里，我们仍旧像阴郁的天气，像窗外迅捷的闪电、厚重的云和沉闷的雨。

日光偶尔会来得慢，但其实每个人都需要一些轻盈、真诚与坦然，无论爱人还是爱己。

Thank you all.

不是知更